每一个人都拥有各种梦想和探险的冲动，但如何去实现，看完《北极日记》后，会有所感悟，思定而后笃行。

——中国移动国际公司董事长兼 CEO　李锋

李锋

北极日记

自驾飞行追梦之旅

王思莼 著

中国工人出版社

图书在版编目（CIP）数据

北极日记：自驾飞行追梦之旅 / 王思莼著. -- 北京：中国工人出版社，2021.2
ISBN 978-7-5008-7622-9

Ⅰ.①北… Ⅱ.①王… Ⅲ.①游记—作品集—中国—当代 Ⅳ.①I267.4

中国版本图书馆CIP数据核字（2021）第035397号

北极日记：自驾飞行追梦之旅

出 版 人	王娇萍
责任编辑	傅 娉 严 春
责任印制	黄 丽
出版发行	中国工人出版社
地 址	北京市东城区鼓楼外大街45号 邮编：100120
网 址	http://www.wp-china.com
电 话	（010）62005043（总编室） （010）62005039（印制管理中心） （010）62379038（社科文艺分社）
发行热线	（010）62005996 82029051
经 销	各地书店
印 刷	宝蕾元仁浩（天津）印刷有限公司
开 本	880毫米×1230毫米 1/32
印 张	9.625
字 数	220千字
版 次	2021年4月第1版 2024年3月第3次印刷
定 价	78.00元

序：比天空更广阔的，是人类对飞行的向往

从来没有一个梦想让人类如此痴狂。从中国最早的神话嫦娥奔月，到古希腊的伊卡洛斯，世界各国的历史文化中，大部分的“神”不是来自天空，就是可以自由飞翔。飞翔代表着挣脱了引力的束缚，象征着自由的最高境界。

人类为了实现这个梦想，千百年来不断付出努力，无数次的失败不改追梦的初衷和前进的步伐。每一次飞行技术的改进，都是人类对天空的一次由衷致敬。

几乎每个男孩，在儿时都曾有过一个关于飞行的幻想。就像哆啦A梦的竹蜻蜓让大雄变得更强大一样，飞向天空是男孩们英雄梦的起点。我也如此，成为飞行员、驾驶飞机、翱翔长空是萦绕我心头的执念。

但真正去把儿时的幻想当成梦想在坚持，一步步去实现的人并不是很多，爱幻想的男孩儿们终究长成了要肩负责任的男人，这份心底的天真与热情在求学、工作、按部就班的生活中逐渐被淡忘了。我不愿意用“淡忘”这个词，其实用“尘封”更准确，因为只要有一个燃

点，飞行梦依旧还会燎原。

当思莼把这本书的手稿递给我的时候，只是《北极日记：自驾飞行追梦之旅》这个标题，就充满了冒险与探索的强大魔力，仿佛心底那个尘封的飞行梦被瞬间唤醒。

不到30天考到飞行执照，便可以自己驾驶飞机真正实现翱翔。重飞偷袭珍珠港和诺曼底登陆的航线；绕飞喷发的火山口、玛雅人金字塔、尼亚加拉大瀑布、自由女神像、巴林杰陨石坑；更不用说在空中看烟火表演、火箭发射、伴飞F-15战斗机等传奇经历。原来，这个梦想并不是遥不可及，坚持的人看到了最美的风景。

抛开飞行的激情与刺激，航空本身的很多管理理念对于企业管理也有很大的借鉴意义。飞行中驾驶舱资源管理理念的精髓是个人效能发挥最大化，并且通过培训、制度、复盘的标准化流程减少失误，加快处理问题的决断速度。这一点，对于企业管理者而言，我也深有感触。

微博成立至今12年，这其中有成功的喜悦，也遭遇过无数困难的打磨，就像一架翱翔于天际的战机，时刻面临新的机遇与挑战，并享受随之而来的惊喜与历练。

思莼告诉我，他在2010年5月就注册了微博，现在是一名拥有12W+粉丝的航空领域KOL。虽然比不上动辄粉丝百万的大V，但他在专注于分享飞行相关优质内容的同时，也结识了很多真正热爱飞行的网友，这是他在微博最大的收获。

这离不开微博在社交兴趣领域的不断投入。时至今日，微博已经运营了60多个垂直兴趣领域，以优质内容为基础，为兴趣人群提供圈层社交通道。小众爱好能在微博生根发芽，无论是飞行、考古还是滑雪，再小的热爱也有人欣赏，也可以找到同好。

我希望大家在欣赏这本书的同时，也能喜欢上作者王思莼（@Vinzent），能够来微博了解他更多的生活和故事，参与到他的飞行故事之中，为他出谋划策。同时也邀请大家来微博分享自己的生活与爱好，成为和思莼一样在兴趣领域有所造诣的意见领袖。

“飞越北极”可能对于大部分人来说，都是毕生无法实现的梦想，但《北极日记：自驾飞行追梦之旅》这本书，如同让我们坐上作者驾驶的飞机，成为这趟北极之旅的乘客，领略空中的神奇世界。曾经有过飞行梦的我们，能在书中重新找到儿时的热血与激情，也能将这份激情融入自己的工作和生活之中，开创自己的一片天地。

微博 CEO

王高飞

序：与蓝天共舞

认识思莼是在两年多前，在北京平谷通航机场的一个活动上。当时我作为通航机长与一个公司进行了一次航空普及体验活动。经朋友介绍，我跟思莼短暂的交流后就让我这名老飞行员对他肃然起敬，心想这样一位对航空十分执着的年轻人将来一定会在航空事业上大有作为。他是旅游专业毕业，外语水平高，视野十分宽广，也能体会到航空对整个世界的发展起着重要的推动力，航空事业是高科技领域的“领头雁”。

我从 1967 年夏天开始了人生的飞行之旅。从那时至今，已不间断地翱翔蓝天五十多年了。我加入中国空军后，最开始从初级教练机雅克 –18，到中级教练机雅克 –11，都比较顺利地完成了训练。航校毕业后，被上级部门选到了国家专机部队，开始了里 –2 飞机转机型训练和飞行任务。经过部队几年的培养，我顺利地获得了机长飞行资格。之后就被择优转至重点单位执飞当时中国最大的飞机伊尔 –18。由于本机型属国家高级领导人使用，对飞行员的各方面要求非常严格。当时单位的老飞行员比较多，但我经过更多的训练也成了一名年轻的机长，参加各种任务的执行。

到了20世纪80年代，在改革开放的推动下，国家开始对航空运输进行投入，首先引进了当时苏联时期最先进的图－154型飞机。这种飞机内部空间宽敞、航速快，可最多乘坐180人。我又荣幸被选中成为国内第一批改装此机型的飞行员，并且顺利完成了相关训练，之后逐渐成为机长教员，执行各种国内外的飞行任务。其中最经常飞的航线是北京—成都—拉萨。拉萨属于高高原机场（高高原机场指海拔8000英尺以上的机场，换算一下就是2438米），条件复杂，而我因为上手较快，受到单位重用，成了同事和战友们口中的“拉萨航线王牌机长”。在此期间，我成为国家一级飞行员，曾经多次担任国家领导人专机的机长，并多次获得个人二等功和三等功。

铁打的营盘流水的兵，我在部队接近了退役的年限，可内心还是有着强烈的飞行欲望。我总觉得国家花费了那么多资金和精力把我培养成为成熟的飞行员，结果50多岁就退休了，感觉很浪费。

一个偶然的机会，我认识了某通航公司的负责人，他邀请我加入他们的飞行团队，我又考取了中国通航的飞行教员执照，之后也培养了不少通航飞行员。

虽然不停地飞翔了半个多世纪了，目前身体还能始终保持着民用航空《商业飞行员身体合格证》，而且飞行的欲望很强烈。

自从遇到了思莼真可是遇到了知己，共同的爱好与理念，真是相见恨晚。思莼曾经对我说过他从小的梦想就是成为飞行员，但他的身体条件达不到国内民航的飞行员的标准，就自费去外国学飞。但他在学飞的过程中，很享受飞行的感觉，而且也很会玩。他也邀请我一起去别的国家飞行，因为他说他研究过它们的空域系统和防空识别系统。这些东西对我一个老兵来说是非常吸引人的。

看完了思莼的这本书，也不得不说他以最普通的游记形式，展现了他本人的一种不折不挠的精神，也给大家展示了航空带给人类的无限可能。很多情节我非常有共鸣，他在遇事的时候很多处理方式也颇显成熟，为此我也很为他骄傲。

目前国家经济体量已经是世界第二，人民可以说丰衣足食，中产阶级也达到了可观的数量。人们向往美好多彩生活的欲望逐渐强烈起来，展望中国航空的未来，相应的需求量一定会膨胀！尤其通用航空更是需求量庞大起来。而航空业的需求量会增长，只有更多的人意识到飞行离我们其实并不遥远，才能让更多的人接触和亲近飞行。

我热爱蓝天，也希望更多的人别错过这种无与伦比的驰骋蓝天的快感。

国家一级飞行员

司宝兴

目录

>>> 飞北极前的准备

我有两架飞机。但在 2018 年 12 月的时候，我还只有一架，而且是一架训练型飞机。

这架飞机的型号是塞斯纳 C172N，它就好像驾校里的桑塔纳或者富康。如果家里拥有这样一辆车，平时代步肯定是可以的，但如果想要自驾去西藏阿里，去新疆罗布泊，可能还得换成越野车。

所以我才需要考虑购买第二架飞机，因为我想开着飞机飞到北极圈里去，去看那种一望无际的冰天雪地，在永久冻土上空追寻北极熊，拜访世代生存在那里的因纽特人。

我是一名狂热的飞行爱好者。曾经在 2017 年自费学飞成为 FAA 私照飞行员，之后跟朋友一起凑钱买了一架飞机横穿北美洲大陆。我飞过喷发的火山口，空中看过火箭发射，绕飞过美加边境的尼亚加拉

夏威夷大岛火山岩浆入海

大瀑布，俯瞰过墨西哥玛雅文明的金字塔，飞越过敦刻尔克大撤退的那片海滩，看到过空无一人的网红打卡地——巴哈马粉色沙滩，也重飞过萨利机长当时的哈德逊河奇迹。

在2018年12月，我这样自由的飞翔让我的小时数迅速凑够了300小时，于是我就去考了商照飞行员，然后开始策划我半年后的，也就是2019年暑期“开着飞机去北极”的旅行。

我首先要解决的问题就是飞机。北极飞行有个特点，就是油料的补给很难，而即便当地机场有油，也很可能是我这种活塞型小飞机用不了的航空煤油，那种油是专门给民航飞机（喷气式）准备的。这种情况就像在西藏阿里开车一样，因为加油站比较少，所以如果用车来举例子，这辆车就需要有比较好的续航能力。

其次，极地飞行中飞机的维修和保养都是近乎不可能的，所以飞机最好是结构坚固、构造简单，这样可靠性高。最后，航速快的飞机比航速慢的飞机更合适，因为飞机的发动机保养主要计数单位是发动机运转的小时数（一般是100小时一个周期），而不是像汽车发动机的公里数。同样的航程，如果航速快，则只用更短的时间就能抵达，这样尽量在一个保养周期内完成这次飞行。

我从来没觉得买飞机会是一件简单的事情，但也不曾想到我的实际经历会比想象的还曲折。2019年1月，我人在北京过年，但一直在找飞机。当时一个在美国很好的朋友给我介绍了联系人，说他有一架飞机符合我的要求和预算（100万以内），于是我就一直发邮件跟这架飞机的主人沟通。他是一个英国人，70多岁，在美国做房屋租赁和买卖的生意，虽然公司不大，但也算成功人士，所以自己手里有几架飞机，基本都是平时自己用。我对英国印象超级好，再加上这种人对于飞机的保养本身就会比较在意，当时的我很期待。

2月初过完春节我就来到了他所在的城市，位于佛罗里达州的那不勒斯。老先生带我到市郊的一个小机场的机库中看这架飞机。这架飞机的型号是Piper Lancer，一架能坐6个人的单发固定翼飞机。我第一眼看到它确实保养得很不错，这让我很欣喜。之后跟这位老先生一起回到航站楼里找了个喝咖啡的地方坐下来细聊。

对于我来说，因为当时邮件中谈的价格其实可以接受，再加上我越早定下来飞机，越早可以进行改装和训练。虽然我清楚地知道我不能表现出来我很着急要买这架飞机，但实际上我是挺着急的。在谈到价格上让步，付款方式，以及交接的细节的时候，也都很顺利。直到最后，他提了一个我意想不到的问题：他要求我在之后的半年内帮他完成每月两次往返佛州和巴哈马的飞行。这个要求我最开始很不理解。我问他为什么不用他别的飞机去飞，他说因为要带不少东西和狗，其他的飞机没有这么大。好，那为什么不能租用合适的飞机，为什么一定要这架去飞？他说佛州没有第二架状态这么好的飞机。这点确实是，因为我之前在网上找的时候也确实没有找到跟这架接近的。他说他会付费给我，只因为他放心这架飞机。我心里盘算着自己的时

尼亚加拉大瀑布

法国敦刻尔克海滩

巴哈马的沙海

奇琴伊察玛雅金字塔

间表到底能不能答应他的这个要求，感觉给我自己留的余地并不大。

按理说如果我买了一样东西，那它就属于我，我怎么用是我的自由，我没有义务去答应他这个请求。但在当时，我内心还是想帮他，所以也算是口头答应了他。之后他又话锋一转，说需要跟他公司的执行董事联系。这架飞机是挂在他的公司名下的，美国有很多人会这么做，因为这样可以在一定程度上合理避税。好。之后他又说，你要尝试说服我的执行董事把飞机卖给你，因为他也很喜欢这架飞机。我当时并没有多想，只是觉得很奇怪。不过这都没关系，因为飞机的所有权的确认，包括飞机本身是否适航，以及飞机机械方面的状态，都会有专门的机械师去做检查。这个检查叫 Pre-purchase Inspection，虽然不是法律要求，但确实是在买飞机之前大家基本都会做的一个检查。

检查的流程其实很简单，就是请一个自己信得过的有执照的机务，跟机主约好时间然后给飞机做一个全面的检查，然后出具一个评估报告，让买方能够清楚地知道飞机的状况，哪些零件需要更换，以此对飞机制定一个比较准确的估价。在跟老先生见面之后，我按照他的要求跟他公司的执行董事联系，也确定了一个时间让我的机务过去做检查。

我的机务是我在航校时期认识的一个大哥 Ralph，就长期驻扎在我学飞的那个机场，我认识他，跟他喝过酒，我之前的那个训练用的

哈德逊河上的自由女神像

小飞机也是一直让他照看。就在预定的日期之前两天，执行董事给我发邮件说老先生要用飞机，飞机已经飞到巴哈马去了。我回复问什么时候能飞回来，这样可以重新约一个时间，他回复说两周之后，我说好。

这一段时间我跟几个航校的朋友住在一起，主要是为了省钱。我们住的是那种 house，每个人一个房间，大概有三个房间，有公用卫生间和厨房。我就跟小胥一个房间。小胥很年轻，他是怀揣着成为民航飞行员的梦想来这里学习的，所以很认真地在学。我作为一个在当时的他看来飞行经验比较丰富的飞行员，他很愿意我跟他一起住，也会经常问我问题。

我除了飞行技术上的问题会跟他探讨外，也深知现在这个阶段是他飞行生涯最快乐的阶段，所以我会跟他讲很多小飞机能带来的快乐。因为飞小飞机的限制最少，最自由。等到飞民航的飞机的时候，整个心态都会有变化，因为要为那么多人的生命负责，所以一切以安全为主，压力也会更大，很难再会觉得飞行有乐趣。

这天机会来了。我问小胥，你想从飞机上看火箭发射吗？原本长得神似李荣浩的小胥眼睛都圆了，他知道我没在开玩笑。我们当时身处佛罗里达州，距离著名的肯尼迪航天中心火箭发射场只有短短40 分钟的飞行时间。而因为那边经常有火箭发射，本身又是非常繁忙的空域，所以火箭发射的时候禁飞区相对比较小。火箭发射大多数都是朝着东方，因为地球是自西向东旋转，利用地球自转的线速度可以节省很多火箭的燃料。所以这个禁飞区的西边距离发射台只有 8 海里，相当于 15 公里。这个距离在地面上可能感觉比较远，但在空中是非常舒服的一个视野范围，尤其是在平原上一览无遗。

发射是在某一天的下午。当天中午时分，我又约了在这边认识的另一位朋友张璇，成都人。他非常会玩，是个潜水大佬，也是私照飞行员，更重要的是，他是有专业水准的摄影师。在发射前两个小时，我搭小胥和张璇的车来到机场。在美国其实自己有车是非常方便的，或者说是必需的，因为这个国家的公共交通并不够完善。但当我正在小胥的车上羡慕他有车的时候，他一脸不解地说，哥你有飞机。我说，哦对啊。有些话从别人嘴里听到，感觉还真不赖。

到了航校的飞行员准备室，我拿出航图给小胥和张璇说明了一下大概的飞行路线，在空中等待发射的飞行路线，以及最重要的，跟张璇说了一下看到的火箭会是什么样的角度，他需要做什么样的准备。然后我们就去做起飞之前的正常检查。在火箭发射前的一个小时，我们都坐在了机舱里，上跑道准备起飞。

飞行途中我要了 Flight Following，这是一个给目视规则专用的飞行服务，由塔台和区调等空管提供，他们会一直在雷达上监测你的位置，并且跟你保持沟通。这个服务的好处是可以告诉你周围的其他飞机情况，以及空域的变化（有的时候会有临时禁飞区），在发生紧

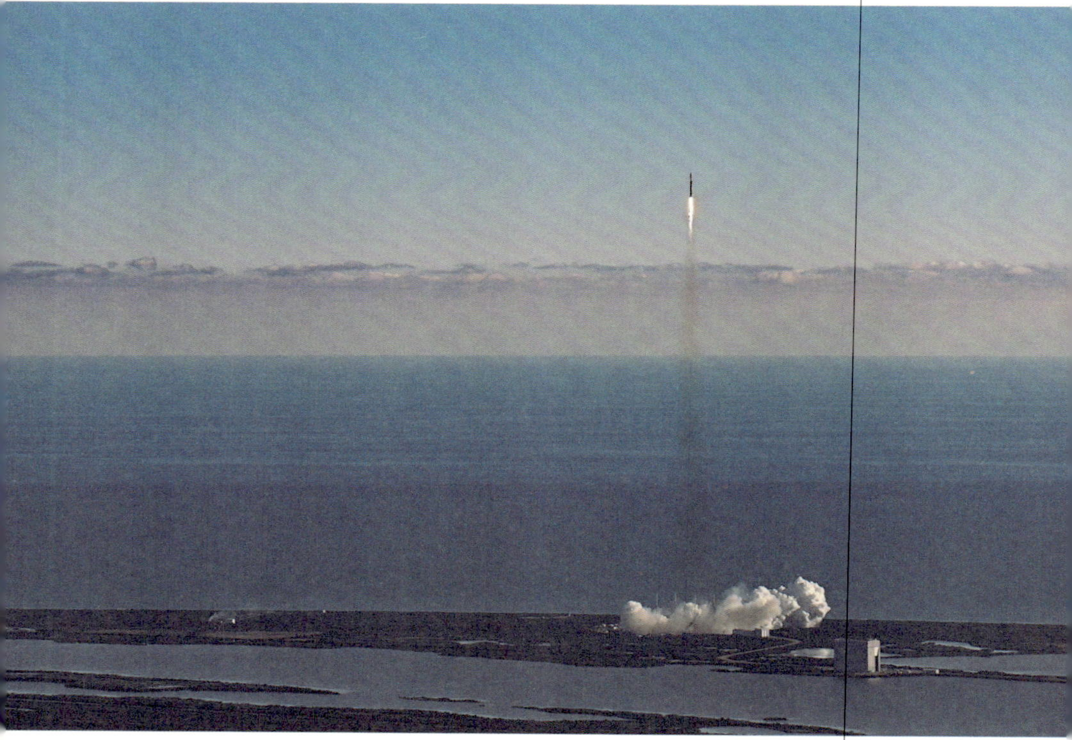

空中看 Space X 火箭发射（摄影：张璇）

急情况的时候不用换频率直接可以播报，所以会大大增加安全性。在途经奥兰多空域的时候空地对话最为繁忙，因为奥兰多国际机场是美国相当大的一个机场，进出港民航航班本来就比较多，在这个空域里飞行也比较锻炼技术、反应和预判。等到离开奥兰多空域的时候，就接近了这个发射的禁飞区。奥兰多大区管制问我们 Intention，也就是打算要干吗，我答我们想在空中等待准备看火箭发射。人家说收到，然后让我转到附近一个机场塔台的频率。

距离发射大约还有 5 分钟。我在飞机上的 iPad 有一款非常专业的航图和导航软件，叫作 Fore flight，通过我外接的专用 GPS（可以接受航空 ADS-Bin 信号），可以在航图上显示除了我之外的周边所有飞机的注册号、型号、航速、高度、航向等信息。我们的等待航线说白了就是在一块空地上空画圈圈。然后就在这个时候，一架民航飞机从我们上空飞过，只听到频率里传来这个机长问区调的声音：是不是要有火箭发射了啊？区调说是啊，马上了。机长竟然问，能不能给我临时改一下飞行计划，申请下降高度，我想让我的乘客们也能看到发射。区调说，好的，我帮你申请。过了一分钟，区调跟这架航班说，准备接受新飞行计划，可以直飞 ATLAS 航点，下降到 6000 英尺。

“可以直飞 ATLAS 航点，下降到 6000 英尺，收到奥兰多区调指令”，民航机长回答。在飞机里的张璇、小胥和我面面相觑，并没有想到还能有这样高效率的区调和这么浪漫的民航机长。不到一分钟了，我掉转方向，让张璇那边对着发射台，然后开始减速，执行开窗程序。是的，我这种飞机也能开窗，但是需要减速。速度降下来了，小胥帮张璇把窗子打开。我这飞机的窗户有个特点，就是它坏了，打开之后需要用手去撑着才能保持打开状态。这样的好处就是窗户可以开得非常大，完全不会挡住拍摄的角度，坏处就是，负责撑着窗户的那个人手会很冷，这也是为什么我们等到临发射才打开窗子。风呼呼地钻进飞机，爽。

火箭腾空而起的那一刻我们都被深深地震撼到了。看起来很慢，但实际上速度很快，短短的一两分钟，就从起飞一直消失在了大气层外。那一刻我也很感慨。机场是我们这个世界的传送门。登上飞机，24 个小时之内，基本可以抵达世界的任何地方。而这个火箭发射场和火箭与机场和飞机一样，是我们这个世界和别的世界的传送门，它给我们带来了新的广度。

然后，我像傻子一样把飞机推力加到最大，就盘旋着爬升。小胥问我在干吗，我说我刚获得了一个来自 NPC 的称号——“追火箭的人”。

有关我想买的那架飞机，我这几天也在想，总觉得有点蹊跷。可我不想再白等两周，起码我应该利用这段时间再去找找别的卖家。二手飞机还算是好找，因为就像我们有专门的二手车网站一样，他们也有个网站上都是二手飞机。我从上面筛选合适的机型，然后跟机主发邮件或者打电话建立联系。

于是就这样到了二月底，我靠着刷二手飞机网站上的信息算是又谈妥了另一架飞机，准备亲自去看看。

这架飞机的型号是 Bonanza P35，是一架很有特点的 V 字尾的飞机。V 字尾的飞机除了很酷，还是航空界元老，由波音公司创始时期的首席飞行设计师王助先生创举。而且很多战斗机也都选用 V 字尾，所以对于我这种不装就会死的人来说，这飞机简直是给我量身定做的。

约好了日期。飞机在达拉斯附近的一个小机场，我坐飞机到达拉斯，之后租车去那个小机场。我不是没想过飞自己的小飞机过去，但就像我说的，我的小飞机短途旅行还成，长途旅行就得中间停下来加油。而且成本还是有点高，如果一个人飞的话，还是机票便宜。本来想当天去当天回，但一来这样的机票不够划算，二来达拉斯有个地方我一直挺想去看看的，就是市中心的迪利广场，肯尼迪总统被刺杀的地方。我在上学的时候就听过肯尼迪的一个很著名的演讲，是美国第一次公开宣布登月计划，其中有一句话是："我们决定登月。我们决定登月。我们决定登月并实现更多梦想，并非它们轻而易举，而正是因为它们困难重重。"这句话对当时年轻的我影响非常大，也成了我在做选择的时候一个很重要的参考。在遇到选择左右为难的时候，我会选择那个看起来比较难的，因为往往难的那个选择才是正确的。

落地达拉斯之后我租了个车，然后就先往迪利广场那边开。途中在城际高速上看到了指示牌指向一个叫 Denton 的地方。我在网上认识一个曾经的民航飞行员，书放。他最开始学飞就是在这个地方。书老师是一个非常有才的人，但他的运气不好，加上一些其他的原因离开了航空公司，自己创业。我见过他几次，对他的印象很好，所以后来我在真正飞北极的时候叫上了他一起，而他当时也因为一些原因，事业上并不顺利，正好有时间跟我一起去。

跟卖家约的是第二天一早见面。这架飞机有两个机主，两个人用分时的方式一同拥有这架飞机。这种方式其实很常见，也很好理解。很多时候一个人承担不了飞机本身的保养和维修费用，所以就找更多的人分担。按照飞机的价格出资，比如出资 50%，就拥有飞机 50% 的小时数使用权，也要负担 50% 的维修保养等费用。如果涉及飞机出售，也得两个人都同意。我开车到了这个小机场，按照他们的指示找到了他们的那个机库，看到了这架飞机。外观也真的很漂亮，感觉保养得还不错。坐进驾驶舱仔细看了看航电系统，就是导航设备和通信设备等，看起来也还凑合，属于比较基本的那种。我心里有数了，可以用航电不够新作为最后杀价的理由。跟两位机主聊得也还挺好，他们要的价格也并不贵，于是约了一下让我的机务去做检查的时间，之后我就回了。

这次的机务理论上还可以找我之前那个机务大哥，但按道理讲我还得给他买往返机票，提供租车的费用和一晚酒店的住宿费，这对我来说还是有点不划算。得克萨斯州本来就是一个通航非常发达的地方，所以我干脆就从达拉斯附近找。比较方便的一点是，因为 Bonanza 这个牌子的飞机在美国保有量很大，所以 Bonanza 的机主，就像咱们的车友会一样，也有一个类似的组织。这个组织里有很多地方的联系人，能够推荐相关的精通 Bonanza 飞机的教员、飞行员和机务，而这些信息都是免费的，在网上可以直接查到。于是我找了距离达拉斯最近的一个机务，他叫 Scott Perdue，然后给他发了邮件。

他很快回复了邮件，一来二去沟通得很顺畅，也确定了价格和去做检查的时间。不过有一点没想到的是，Scott 对我本人很感兴趣，好几次在邮件和通话中都会有意识地问跟我相关的问题，比如我为什么要买飞机，我的飞行执照是什么级别，飞行经历是什么样的，买了飞机要去哪。

这种问题按理说是比较私人的，所以我心里有点奇怪。我上网搜了一下这个人名，看到了他的个人网站。原来 Scott 不光是个有经验的机务，他本职工作是飞行员，而且还不是一般的飞行员。他年轻的时候是空军飞行教员，可以执飞 F-4 和 F-15E 这样的战斗机，退役之后在兰德智库（负责美国陆军和空军的情报分析）、美国空军、美国海军和美国国家航空航天局等机构做顾问，也在航空公司当过机长，最近刚刚退休。

怪不得，你这是找我打听情报呢，幸好我之前在国内就是个普通上班族，啥也不知道。好家伙，他知道我在佛罗里达的时候，还跟我说他正好要顺路过来然后约个酒。我想了想，这样也好，你都把我打听一遍了，我见面的时候也要问你一些问题。

就这样，在一周之后，Scott 来到我借宿朋友家的城市，佛罗里达的奥卡拉。肯定是约在酒吧见面，毕竟只有把他喝好才有可能问出有意思的东西。但举杯聊了一会儿，我就对他佩服得五体投地了。他真是有鹰一样的眼睛，而且机务方面的经验丰富。他跟我说他检查了飞机的油箱，内部有乙醇残留物，这说明飞机曾经加过普通的汽车汽油。这种操作是在一些特殊情况的时候可能会用到，但是是绝对不推荐的方法，因为航空汽油的标号和稳定性远比普通汽油要高，这么做除了一时省钱没有什么好处，从长远来说对发动机损耗很大。另外，很多易损件都处于安全使用寿命的最后时期或者已经超过使用寿命，比如襟翼马达，起落架马达，发动机的管路，轮胎，液压油，减震等。这意味着我在接手这架飞机之后需要换很多零件。这跟我之前预期的并不一样。Scott 最后告诉我说，放弃吧。我就放弃了这架飞机。

我自己一直认为自己有一个天赋，说是之前做销售混社会的经验积累也好，说是自己的感觉比较敏感也行，或者就是说因为自己的运气好，那就是我看人挺准。一个人是个什么样的人，从衣着谈吐就能看出个大概，从眼神中能看出更多。也因为有了这样的能力，我其实少走了很多弯路，避开了很多坑，也认识了不少好朋友。Scott 就是其中的一人。他其实后来还在帮我找类似的飞机，但我始终没有怀疑过他对这架飞机的判断，从来没想过他是为了推荐他朋友的飞机而说这架不好。

又回到起点。这时候在网上找寻其他的飞机也不顺利。虽然我说二手飞机就像二手车一样有自己的网站，但从绝对数量来说比起二手车来，飞机的数量还是少得多。那时候的我基本上已经把所有航程比较长，速度比较快的，而且在我预算内的飞机都看过一遍了。其实说到底还是因为我买飞机的预算不太够。挑选飞机跟挑选汽车其实很像，如果预算不成问题，那当然完全可以按照自己的喜好去选择，但如果预算有限，可能在品牌，功能，排量等方面就要有所取舍。选了加热座椅，可能就得放弃定速巡航、胎压监测等。

对于我北极飞行最重要的，其实是飞机本身的可靠性、续航能力和航速。所以，一些其他常见的功能就只能被我抛弃掉，比如飞机上先进的航电系统。这种小飞机上一套全新的、先进的航电系统，成本可以轻松达到 50 万元以上，但如果我只使用最基本的普通仪表，成本价就是不到 5 万元。最普通的仪表结构简单，虽然给出的数据不直观，但由于技术的发展，其实很多先进仪表中给出的信息都可以通过附加比较便宜的传感器和信号接收装置，然后连接到 iPad 上，通过 iPad 上的专业软件显示。这个效果是可以完全接近几十万元的设备的。

还可以舍弃的另一个功能就是自动驾驶。我飞的这种小飞机跟民航飞机一样，也有自动驾驶设备。但缺点在于，一般小飞机上的这种自动驾驶由于相对简单，所以在需要转弯和颠簸的时候，乘坐体验没有民航飞机那么好，会感觉比较晕。另外，这样的设备最入门级的也需要10万元。虽然我在飞北极的时候可能需要长时间飞行，如果有自动驾驶的话可以轻松很多。但我太爱飞行了，我在空中飞的每一秒钟都让我很开心，我为什么要花钱让一个机器代替我享受飞行？而且从事实上来讲，长时间飞行其实比长时间开车要轻松很多，因为在空中平飞的时候工作量不大，不需要像开车一样经常要变道，加速减速什么的。虽然开车如果累了可以随时停下来休息，这点比开飞机要强多了，但我盘算着如果经过一定的训练，找到自己能接受的飞行小时数上限，然后按照自己能接受的范围去规划航程。就好像某个人现在虽然只能跑半马，但经过一定的训练，是有可能完成全马的。

我对飞机可靠性、续航能力和航速的需求，导致了我在选择发动机的时候就不能再让步了。我要的发动机马力不能太大也不能太小，螺旋桨系统一定要定速可变距桨。简单来说，可变距桨就好像汽车的变速箱。别小看这个，很多比较简单的飞机还真的只有一个“挡位”，而定速可变距桨则高级很多，让飞机可以“挂挡”。从发动机的寿命来说，是每2000飞行小时进行一次大修。但因为很多时候大修的费用在20万—30万元人民币，基本接近一台新发动机差价的费用，所以也有人直接卖掉旧发动机，然后花差不多的钱买一个新发动机。就像汽车一样，无论是刚大修过还是新发动机，都需要经过一段时间的磨合期。所以并不是越新的发动机就越安全，但是刚刚过磨合期的发动机却是相对来说最安全的时期。

除了发动机，还有另外一个很重要的考量方面，那就是机身。汽车如果发生过碰撞，即便是修复过，那么再次发生碰撞的时候，车身就很难提供应有的保护。这种小飞机的机身其实也可能发生碰撞，比如在地面滑行的时候碰到停机坪上别的飞机，或者在飞行的时候撞鸟，都会对机身产生一定的影响。这种机身上微小的形变其实是可以在一定程度上修复，但永远不可能修旧如新。在真的遇到紧急情况的时候，机身的强度可能是我赖以生存的根本。所以即便有过小事故的飞机会便宜很多，我也并不准备在这上面省钱。

我又看了其他几个更小的二手飞机交易网站，由于各种原因也没有找到更合适的飞机。我想了想，这种方式可能不够好，我可能要扩展一下搜索范围。我开始去找各个航空俱乐部，因为他们的飞机往往状况较好（因为可以租赁的飞机适航标准高于普通私人拥有的飞机）。我想先找到合适的飞机，然后再想办法劝说他们卖给我。我内心的想法是，我要找的这种飞机，对于航空俱乐部来说其实并不是能让他们收益最大化的。举个例子，假如一个租车公司，可能最挣钱的车型是捷达桑塔纳，因为保养便宜，油耗少，所以租的人就多，这样才是挣钱的。但如果是一种越野车，本身也不便宜，那租金肯定要贵一些。再加上它费油，所以租它的人就少，那么它的租金一定就更贵。租金更贵就更少人租，所以就不容易赚钱。

我要的飞机就是这种情况，它是一个能带我去北极的“越野车”，但平时在航空俱乐部的使用率应该不高。我的一个好朋友陈静娴帮我联系了她非常熟悉的一家位于克利夫兰的航空俱乐部的创始人，一个老爷子，Larry。我跟他说了我的飞行计划，我希望如何支付购买飞机的费用，我需要什么样的机务支持等。我说什么，Larry 都答应。

有时候特别不顺了一段时间，然后突然变得特别顺，你就会想拜佛。

我收拾了东西离开佛罗里达州，来到了位于俄亥俄州的克利夫兰。

3 月份的克利夫兰还没有开始它的春天，落地之后感觉到了那里的湿冷。我从机场租了车，按照老爷子给的地址，来到了他机场的办公室。他因为几年前做过一次很大的手术，现在有的时候还需要拄拐才能走路。Larry 很务实，是个很好的商人。他听我当面跟他说了我的计划之后，当时就决定同意把飞机卖给我。我去看了这架飞机，注册号为 N9685Y，它一直放在机库当中，保存得非常好，比我自己见过的那些飞机都漂亮。

克利夫兰这边其实爱飞行的人也很多，导致这样一架比较少见的飞机也能有人去飞。飞机跟车一样，对它最好的保护方式不是把它放在那不动，而是时常飞一飞，这样会让机油保持在发动机活塞壁上，反而比一直放着不动能更好地保护发动机。

老爷子 Larry 是一个经验非常丰富的飞行员和教员，现在回忆起来，他教给我的很多思维方式真是让我大开眼界。我还记得第一次跟他一起训练，也是我第一次飞 N9685Y 的那次训练。由于是第一次，所以准备的时间比较长，老爷子也把整个流程从头教了我一遍。我们刚滑行准备上跑道，就看到跑道头那边的天气突然变恶劣。我眼看着跑道头那边开始下雪。

塔台让我们在跑道入口之前等待，因为有飞机要降落。而等这架飞机落地离开跑道之后，雪已经越下越大，开始接近我们这一端的跑道。

我那时候还是很谨慎，弱弱地问 Larry，咱们要不滑回去？飞到雪云中是不是容易让飞机机身积冰？飞机机身积冰对于飞行员来说可以是致命的，因为粘在飞机机翼上的冰不但改变了机身的结构，导致升力下降，而且还增大了阻力和飞机本身的重量，让飞机变得很难控制，甚至不可控。

Larry 叫我 Vinzent，他说："Vinzent，你是在哪买到你的飞行执照的？"

"啥？"

"Vinzent，你给我讲讲，为什么飞到下雪的云中飞机就会积冰？飞机积冰的条件是什么？"

"温度在零上 10 到零下 20 摄氏度的范围，有可见水汽（可见水

N9685

初见 N9685Y

汽就是云)。"

"那为什么比零下 20 摄氏度冷就不会积冰?"

"因为空气中已经没有液态的水了,都是冰晶,所以不会粘在飞机上。"

"那雪不就是已经形成的冰晶吗?"

我恍然大悟,但心里还是有些忐忑。如果是我自己,遇到这种情况肯定就不飞了,我是觉得安全第一。但 Larry 好像很坚定地要给我上这一课,于是我们上跑道,滑行,起飞。

起飞之后,我的第一反应还是躲开雪云,Larry 看出了我的想法,于是一下子接管了操作,专门往云里飞。按理说我们飞的是目视飞行规则,不应该故意进云,但这只是 Larry 教学技巧中的一部分,我后来才知道他有多狂野。他让我仔细观察机身和机翼前缘是否有积冰。就这样飞了一会儿,机身上真的一丁点儿冰都没有。

还有一次,也是我跟他一起飞行训练。我这架飞机有一个特点,就是我前面说过的 V 字尾。这种设计会让飞机的飞行速度在一定程度上加快,但是失速改出却不那么容易。就像我说的,无论是飞行还是什么,都是需要有取舍的,你不能什么好事都占着。既然失速改出不那么容易,就需要花时间去训练。我们那次也是准备一起练习失速改出。飞到克利夫兰旁边的五大湖之一,伊利湖上空的时候,我开始了失速改出练习。失速改出练习其实就是人工制造飞机的失速状态,然后通过正确的操作让飞机改出失速状态。

我做了几次，越来越熟练的时候，忽然发现左侧机翼上的油箱正在从油箱盖那里漏油。飞机机翼的设计，就是为了让空气在机翼上面通过的时候速度较快，从机翼下方通过的时候速度较慢，这样机翼下方的空气压力大于机翼上面的空气，也就产生了升力。而机翼上方由于空气压力小，则处于一个“吸”的状态，油箱里的油一直往外流也就是因为这个“吸力”。我把驾驶舱内的油箱选择扳手扳到了让飞机只使用右侧机翼中的油箱的状态，然后问 Larry 是不是要飞回去。

Vinzent，你告诉我你为什么要飞回去？

嗯？因为油箱漏油了啊？

那光用右侧的油箱我们还能飞多久？

三个多小时。

三个多小时还不够啊？

够，但这边漏油呢，万一要是着火了怎么办？

Vinzent，你给我讲讲，从油箱盖里出来的油划过机翼，从机翼后方离开飞机到大气层当中，哪里有机会能把它点着？

我说不出来，因为确实机翼后方只有简单的机械件，并无可能点着这漏出去的油。

那应该点不着吧。

那还回去吗？

不回去了。

这一段我都用小运动相机录下来了，毕竟好多飞行员飞了一辈子都没见过自己飞机漏油的场景，更何况漏了油还坚持继续飞呢。

Larry 的教学方式是很有趣的。有一次在飞行当中他突然很深情地跟我说道：

Vinzent，我很抱歉我之前对你态度可能不太好。

怎么啦？没有啊，我还很感谢您的指导。

哦不，我一定要跟你道歉，我之前对你的态度真的太差了，因为我不知道你腿有残疾啊，Vinzent。

啊？我腿没有残疾啊？

真的吗？你确定？

我确定啊，我腿是好的。

你腿是好的你不给我踩舵？

你还别说，这次他跟我交流之后，我真的再也没有忘记过踩舵。

Day 0

我正式邀请了书放老师，让他跟我一起去北极。书老师是一个非常有才的人，也很有自己的想法。我在飞行中，在驾驶舱里的时候，有的时候工作量还是挺大的。所以最佳的安排就是我来专心飞行，而有个人能帮我多拍一些照片。

就这样，五月份开始书老师就跟我一起在克利夫兰。那时候我白天跟老爷子一起训练，晚上跟书老师喝酒，书老师每天就是拍视频剪视频。要不就是我们开着飞机一起出去玩，好不快活。这段日子中为了测试飞机准确的耗油量，我们还一起飞了一趟加勒比海的圣马丁。圣马丁的机场是在飞友中比较熟悉的，那是一个你躺在沙滩上就能看到飞机从你头上低空飞过的机场。在这样长达 10 个小时的长途飞行自驾当中，锻炼的是男人的意志，也是男人的肾和膀胱。尤其是肾和膀胱。虽然我跟书老师谁都没提这个事，但仅有的几次飞机在空中飞行时我憋不住尿在脉动里的时候，我会发现我尿完了他就尿（在另一瓶脉动里），但我不尿他也不尿。

好像是他赢了。但也因此我测出了飞机在最省油状态下的实际油耗，测出了飞机最极限的飞行范围。

六月份的时候我自己回了一趟国，参加了在南京举办的一个户外用品展。我当时的想法是跟各个户外品牌去谈合作，看能不能有一些实物赞助。这趟旅程的商业合作确实谈了一些，包括某电信集团，某国产手机品牌，某国产全景运动相机，某航旅 App 等。但跟每家的合作都没有涉及资金。

不是我不想要钱，也不是我特别有钱。我是听了我一个朋友，一个过来人跟我讲的，就是品牌方很多时候不太能理解飞行的特殊性。如果拿了钱，则人家一定是主导地位，那你之前策划的行程就必须去执行。但飞行的乐趣就在于它有一定的不确定性。如果真的什么都不能变通，其实某种程度上是会影响飞行安全的。对于自己也是一个很大的压力。

但在户外展去谈合作谈的是毫无进展。我原以为我这次飞行跟户外用品非常契合，却发现人家都不这么想，甚至以为我是骗子。想想确实也很正常，毕竟我做的这件事，开着飞机去北极，在亚洲都没有人做过。而上面说的那些大公司，他们也是跟我认识一段时间了，也不是我这次才去找的。

在我以为自己要空手回到美国的时候，一个认识多年的朋友帮我介绍了一个户外行业的大佬。何亦红曾经是中国户外行业最大纸媒的主编，所以人脉非常广。最重要的是，虽然我跟她只通过电话，但她一下就懂了我的需求和我提供的曝光机会。就这样，她用了一天的时间帮我联系到了两套冲锋大衣、两套抓绒衣、一双登山鞋、一个顶级保暖的睡袋、一个帐篷和其他小件东西，比如帽子和手套。而这些东西都是给我的，给书老师也是一模一样的一份。

在我预计回美国之前两天，我收到了所有的这些东西。之后我就回到了美国。我还记得书老师去克利夫兰机场接我的时候看我拎着这么多大包小包的，很是吃惊。我很自豪地告诉他，我们的装备现在齐全了！

在出发前的三四天，书老师突然受到了人生当中的一次很严峻的考验，他遇到了一个非常大的财务危机。我很理解他当时的状态，也很为他难过。幸好他不用马上飞回国去处理什么事，还可以跟我一起去北极。我当时问了他一句还有多少钱，他说能动的现金就一万多元人民币，但却还有很多的欠债。

就像我前面说的，我看人很准。书老师是个很真诚的人，也是难得的一个朋友。我重新算了一下，加上我自己能借的网贷，我还是可以完成这次飞北极圈飞行的。于是我跟书老师说，你就别出钱了，这次就当带你去散散心。

我当然知道散心没那么容易，但我是希望他不要错过这样的一次旅行，人生中能有几次开着飞机一点一点飞到北极圈里的旅行呢？

出发的日期暂定在了7月8日，因为不能再拖了。8月下旬开始北极的天气就开始变冷了，而我还有个私心，就是想赶在生日之前飞完，把这个经历也当作送给自己的一个生日礼物。我利用最后的几天时间去梳理整个的行程，我怕错过任何航路上有意思的地方。我也给每个北极圈内的机场都再次打了电话或者写了邮件，去确认我们提前预订的桶装航油都已经到位。我很高兴自己没有出现焦虑的状态，但我也问过 Larry 在他看来有什么是我忽略的东西。似乎是没有。Larry 帮我想到了很多跟飞机有关的，比如他帮我换了飞机上新的起落架马达和襟翼马达，新的发电机皮带，这些都是有一定使用寿命的零件，而他不希望我在北极飞的时候遇到这些零件损坏。

如果把飞机用木桶原理去解释的话，那我觉得目前飞机最薄弱的环节在副油箱的油泵。因为如果是起落架的马达坏了，我还可以用手动的方式放下起落架。如果是襟翼马达坏了，我还可以尝试无襟翼降落（这些天训练的时候练过好几次这个科目）。但油泵是很难解决的一个问题。

我的飞机在机翼里面的油箱是主油箱，但在机翼的两头又加装了两个副油箱以提高航程。但副油箱的运作方式是需要一个用电驱动的油泵把副油箱中的油打到主油箱当中，然后从主油箱再流入发动机。所以，操作的时候需要主油箱已经用完一半以上的油。假如主油箱是满油，我又开启了副油箱的电油泵，由于压力的原因电油泵会傻傻地把副油箱的油打到燃油排气孔里，也就是机翼外面，也就相当于直接扔掉了。

但隐患也就在这。因为没有仪表去告诉我副油箱的油是不是正在流向主油箱，假如我已经用了一半的主油箱中的油，然后开启了副油箱电油泵，但假如这个油泵坏了，我是无法知道的。我只能在主油箱剩余的油用完了，发动机喘振甚至停机的时候才能知道。而假如我在那个时候才知道副油箱油泵坏了，很可能已经错失了备降的地方。因为如果本身路上有可以降落的地方，那我是不会非得一口气飞那么远的。我们是去玩的，也不赶时间。但如果本身路上没有可以降落的地方，我又在飞起来很久之后才能发现这个问题，那就可能要出大麻烦。

提前想到了这个问题，确实有助于本身的行程规划。我重新看了一遍规划的航路，找出了唯一一条没办法避免的航路，然后决定到时候在前一天的短途飞行当中再测试一下副油箱油泵。我刚才说了，主油箱如果是满的，油泵一开启，副油箱的油就相当于直接倒掉了。所以我要做的就是在短途飞行中，趁着主油箱满的时候开启油泵，这样落地的时候只要看到副油箱内的油有减少，那就说明电油泵是正常的。

出发的前一天晚上，我拉着 Larry 和书老师一起去吃了牛排配啤酒，我想对 Larry 这些天的帮助表示感谢，但并没有说出口，都在酒里了。

Day 1

出 发

>>> 克利夫兰—蒙特利尔

2019 年 7 月 8 日

准备了那么久的一次长途旅行 / 飞行，牵动了不少朋友和家人的心。他们知道我今天出发，也发来了不少祝福。不过此刻的我坐在驾驶舱，只能集中眼前。我驾驶的飞机本身也有个非常响亮的昵称，叫作“Doctor Killer”。这款飞机在刚生产出来的时候，能买得起的都是美国的金领，以医生、律师为首，而他们是最不愿意花时间去进行培训的一个群体，自己都觉得自己在工作上能力很强，飞行的技术就自然好。但是这种飞机的一个特点，就是在飞行员一旦失去情景意识的时候，比如夜晚，比如进云之后，飞机会容易头朝下加速很快，之后就是解体。

这个信息我没有跟我任何朋友说，也包括书老师。他后来自己在网上查到了，但也没过多地问我。我知道后面 FAA 有强制要求飞机加固，而且我也知道什么样的错误操作会导致这样的事情发生，最近这段时间高强度的训练其实就是为了避免出现这样的问题。其实不光是这款飞机，其他飞机遇到这样的情况也会解体。但因为有了训练，我自己是很有信心的。作为飞行员，要做到的是胆大心细不自满，我首先觉得没什么可怕的。但飞机的这种特性反而会让我更加警觉。

早晨醒来第一件事就是跑到房子外面看天气，果然是晴天。昨天提前查了天气预报，附近还算有个高压在，高压气团一般伴随着的就是好天气。吃过饭后就是最后收拾装备。我们带了无人机，带了相机和手持的家用摄像机，还有四五个运动相机和全景相机。所有这些东西都需要带电池和充电器。除此之外，我还带了一台苹果手机作为飞机导航的主设备。

之前就有很多朋友问我，为什么飞行的时候还要用手机，难道真的是用手机导航吗？还真的是用手机导航。其实在空中飞行的时候，首先手机本身内置 GPS 接收到的信号就要比在地面上的信号强很多，其次对于精度的要求其实并没有车载导航那么高。举个例子，假如在地面收到的 GPS 信号有 20 米的误差，那很可能这导航就乱了。在空中即便是 50 米的误差都可以接受。而实际情况是，在空中由于信号更好，经常能达到 5 米以内的精度。

光有 GPS 信号也不行，还得有软件能够把信号转化成有用的信息。作为飞行员来说，还真有一款 App 是专门给我们使用的。这个 App 是波音公司旗下的，所以非常懂飞行员的需求。它又贵又占空间。根据你选择的不同的功能，起价也得每年几十美元，如果要使用所有的地图和功能，则每年的订阅费用需要上千美元。我只买了比较基本的功能，和美加两国的航图，算下来一年要两百多美元。但我之前说过，如果要购买同样功能的新的航电系统，那是几十万元人民币的一笔支出。而我这一个账号可以在 3 台 iPhone 或 iPad 上使用，能省下很多钱，而功能其实完全是够的。

虽然可以在 iPad 上使用，但我并不喜欢在飞行的时候去看 iPad。诚然屏幕大，能显示的内容就多。但即便是 iPad Mini，也会挡住我的一部分主要仪表。虽然这个 App 从各方面来说精度是够的，可很多关键飞行信息是没办法通过 GPS 获得的，比如高度，比如空速，比如飞机本身的姿态。如果用 iPad，要么是把这些仪表挡住一部分，要么就是挡住了窗外的景色。这两点我都接受不了。所以 iPad 对我来说更多的是用来在地面的时候做计划和分析天气的时候用，在机舱里就用 iPhone，足够。

上午借了 Larry 的车，从住的地方带着我们所有的行李到了机场。我的飞机在机库里，我先过去把飞机滑行到俱乐部航站楼这边，方便我们往上搬东西。

我们今天的行程是从美国俄亥俄州的克利夫兰，也就是俱乐部在的这个机场（KCGF）出发，经过尼亚加拉大瀑布后飞抵蒙特利尔，计划航程 424 海里，预计飞行时间 3 小时。起飞过后大概 30 分钟就

飞行中的手机导航

通过了北美洲五大湖之一的伊利湖，进入加拿大空域。

伊利湖这边是我最近一直在训练的地方。在湖边飞行其实会遇到很多可能出现的错觉，比如在略微起雾的时候分不清天空和水面，比如在降落的时候会觉得距离水面和跑道很远，实际上已经很近了。这样的错觉是有可能造成可控撞地的，换句话说，如果出现这样的事故，则完全是飞行员的失误。

起飞后 45 分钟，我们就飞到了著名景点尼亚加拉大瀑布上空。这个瀑布的壮观真的需要从空中才能感觉到，所以这边的直升机观光公司非常多。不过，美加的航空管理局也专门为我们这样自己开飞机去看瀑布的人准备了固定的观光飞行航线，用文字表述这个航线就是：1. 不低于 3500 英尺；2. 顺时针绕飞；3. 需要在公共频率报点（报自己的位置，也方便别人进行距离控制）。

这个飞行线路特别适合乘客看，因为是顺时针，飞机姿态都是右转，所以是右侧（乘客）的座位拍照最好，我就让书放多拍了几张照片。我一边飞一边报点，一边看速度一边看姿态，一边看其他空中交通防止碰撞，然后也偷瞄了几眼，真是壮观啊！感觉好像就能听到磅礴的瀑布声音一样！

而这个飞行线路特别有趣的是，它一半在加拿大国境内，一半在美国境内，所以每飞一圈，就是进出一次美国和加拿大。

绕飞了几圈，观光航线内的飞机渐渐多了起来，再加上我们也还要赶路，我就脱离了观光航线，继续飞往蒙特利尔，并获得了新的称号：“瀑布巡视员”。

蒙特利尔作为加拿大的一个通航相对很发达的国家中的比较大的城市，光是有塔台控制的公共机场就有 4 个，无塔台的小机场有不下 10 个，但我选择了对我很有影响的那个机场——St. Hubert 国际机场（CYHU）。

选择它不光是因为它距离市中心很近，还因为一个在当时（我学飞时）对我影响很大的新闻：“当地时间 2017 年 3 月 17 日下午，加拿大蒙特利尔发生罕见的小型飞机空中相撞事件。目前已致一人死亡，三人送医。警方表示，两架飞机上各只有一人，均为男性。其中一位 21 岁的飞行员已丧生，另一位受伤的 23 岁飞行员没有生命危险。”

这两个飞行员都是中国人，是国内的航空公司派到加拿大学飞的未来民航飞行员，他们当时都在 St. Hubert 机场训练。由于其中一个飞行学员的失误，导致两人永远告别了飞行。这在我最开始的学飞生涯中产生了巨大影响，让我明白飞行是一个容错率很低的事情。而人也会在很多不知道的情况下犯错，但通过学习别人的经验，无论是正确的还是错误的经验，甚至是这种血的教训，都可以更快地帮助飞行

绕飞尼亚加拉大瀑布

员成长。

在跟我们航校教员分析这个事故的时候，我也开始懂得了飞行员的那种坦荡。其他行业的人很难有像飞行这样的，不怕自己犯错误，反而要把自己的错误拿出来跟别人分享的，为的就是自己能改正，别人能引以为戒。这样做自己是丢了面子，但却能让大家一起进步，甚至是能救人性命。

在 St. Hubert 机场进近，降落。落地并不好，我自己分析了一下，我松杆太早，飞机过早接地，有轻微弹跳，还有点带交叉，可能风也有点乱。

之后，我把飞机滑行到机场的海关办公室。

这并不是我第一次自驾飞机去别的国家，也不是第一次开飞机来加拿大。之前在克利夫兰训练的时候，就曾经和书老师干过比较疯狂的事情。克利夫兰是个相对比较老牌的工业城市，现在的人口并不是很多，算不上大城市，所以它没有特别好吃的中餐！而在伊利湖对面的加拿大最大城市多伦多，可是有无数个好吃的中餐馆，而且就在它 CBD 里面。而多伦多市区机场就在 CBD 里面，下飞机走路就能到中餐馆。于是，在训练之余，我会开着飞机到多伦多跟朋友一起吃个晚餐，然后再飞回克利夫兰。我很愿意这么做，是因为实在想不到更浮夸的卖弄方式了。

自驾飞机入境跟坐民航飞机入境不一样，就是我们不用排队，也不用去民航的边检那边。流程就是我们在跑道上降落脱离后，跟地面管制说要去海关办公室，然后自己把飞机像开车一样停到机场内的海关办公室门口。海关的工作人员会从办公室走出来，与我们的飞机目视接触后，再示意我们停机熄火，开舱门下飞机，拿护照过去。

他们有可能抽查行李，也有可能不查。护照盖好入境章之后，还会给一个报告号。这个数字是我们入境档案的编号，这样再飞到别的机场之后如果碰到抽查，这个编号就表示我们是通过正规方式入境的。

办理了入境之后，我们又回到飞机上，重新发动飞机，滑行到机场的私人飞机航站楼。机务听到我们飞机的声音就从航站楼里面走出来，指挥我们停好，示意我们熄火。我跟书老师一起把今天必须用到的行李拿了下来。

因为就在蒙特利尔待一晚，所以我没有租车，而是在机场叫了个Uber。我订的酒店就在这个小机场附近，很便宜。我们先从机场去酒店放行李，然后又赶紧打车来到了蒙特利尔市中心。

在去往市中心的出租车上，我感觉自己完全放松了下来。虽然今天很有意思，也算是迈出了去往北极圈的第一步，但其实我的工作量还是挺大的，感觉有些疲惫。平时组织过跟朋友一起自驾车出去玩的朋友可能会理解，这种疲惫的感觉主要来自内心。我扪心自问真的能成功完成之前的计划吗？因为还有一个多月，而我这才是第一天。我的内心是不确定的。

但我知道，人如果想做点什么事，任何事，都会遇到各种难题，肯定是有不确定性的。我觉得现在的感觉很珍贵，就是满脑子都是对未来的不确定，但我确定未来还会有很多需要我临时去处理和解决的事。我要做的就是继续往前走。

其实这么着急来市中心不是为了别的，我就是想看它的圣母教堂夜晚灯光秀。看过的人跟我说这是一种非常打动内心的感觉，而不只是一个普通的灯光秀。我计划在蒙特利尔只待一晚，所以没办法把整个城市都体验到，但如果看了这个灯光秀，那也算没白来。

这个灯光秀特别火，在暑期旺季的时候往往需要早点儿去排队。我们到了之后，果然排长队了。幸好轮到我们的时候还有位子。一进入教堂，我们都被震撼到了。这座教堂跟我之前见到过的都不同。它在教堂内部竟然有个歌德式的建筑，而五彩的窗花竟然在教堂的天花板上。现在由灯光照亮的每一部分都有非常精致的细节，让我非常期待之后的节目。

因为灯光秀本身不让拍照和录像，所以我只拍摄了节目开始前的

蒙特利尔市中心的小店

教堂内部的灯光秀

静态照片。但观众当中也有那些偷偷拍照录视频的人，然后工作人员就不知道从哪“杀”出来，微笑着警告他们不要拍摄。片子本身真的很震撼，从节目设计的角度来说，完美地利用了教堂本身的内部结构和装饰，创造出可以说很精彩的视觉享受。听觉上就更享受了，本来教堂内部就可以制造静谧空灵的音效，再配上这独特的编曲，别有一番风味。

散场的时候，我特意留下来多待了一会儿。我从很早开始就不忌讳死亡，也不怕鬼。事实上，如果真的有鬼，我希望我逝去的亲人能够随时回来找我。如果真的有鬼，它们也不会让我感到恐惧。接触社会的话就能知道，有时候人比鬼可怕多了。教堂虽然关乎信仰，但更关乎生死。我心里默念着当时在这里的天空中逝去的飞行员，我与他从未相识，但我希望这次旅行能与他的灵魂相伴。

Day 2

拜访中国民航在海外最大的培训基地之一

>>> 蒙特利尔—弗雷德里克顿—哈利法克斯

2019 年 7 月 9 日

早晨在去机场的 Uber 车上我把摄像机丢了。我尝试给 Uber 打电话，找到了司机，但他说没有看到。刚发现摄像机丢失的时候，我是抱着能够找回来的心态的。我 2008 年在爱尔兰读书的时候，曾经很奢侈地用自己打工攒的钱买了当时最新的 iPhone 3Gs，第二天就掉在了出租车上，但第三天就找回来了。这次我以为还能找回来，但最终结果是失望的。

这刚是旅程的第二天，肯定不能没有摄像机。我这时候又想起了某东的好，如果是在中国，可能大部分大城市，当天早晨下单，晚上就能送到了。加拿大地广人稀，我们又准备往人更稀的地方飞，这真是挺难办的。我在网上搜索了一下我们今天要落地的 Nova Scotia 省的首府，哈利法克斯（Halifax）最大的摄影摄像用品店，发现他们的仓库有个跟我丢的摄像机类似的，就在网上预订，这样第二天就能拿到。

预定好了摄像机，我跟书老师就开始准备今天的飞行。作为飞行员，在每次飞行之前不但要检查飞机本身，也要检查自己的状态。IMSAFE（我是安全的）是飞行员常用的检查单。说白了就是在飞行之前确认：

Illness（疾病），包括飞行员和乘客，是否在生病。比如感冒，其实并不影响在地面上开车，但是飞行的时候因为会有气压较大幅度的变化，而感冒的时候很容易堵塞鼻腔中、面部和耳部的管路，导致不能平衡气压，这样的话不光耳朵会疼，连面部也会有剧烈疼痛。这种疼痛一般来说是无大碍的，但这种痛感对于飞行员来说绝对是分心的。

Medication（药物），有的药物有一定的助眠作用，或者容易让人头晕，这都是影响飞行的。

Stress（压力），作为专业飞行员，可能会遇到天气不好，但是雇主 / 上级 / 领导又非常想尽快抵达目的地的时候。这个时候你的专业判断一定不要受到来自外部的影响。能飞就飞，不能飞就不飞。

Alcohol（酒精），喝酒不开飞机，开飞机不喝酒。一般私人飞行的标准是 8 小时之内不饮酒，有的国家民航的标准严格到要求飞行前 24 小时不喝酒。

Fatigue（疲劳），跟开车一样，飞行之前要休息好。

Emotion/Eat（情绪 / 进食），虽然飞行的时候没有路怒症，但如果有明显会影响到飞行员情绪的事情，也是不建议飞行的。进食的意思就是吃得好，饿肚子的时候容易低血糖，碳水过多的时候容易血糖高（犯困），刚喝过咖啡的话容易脱水，尿多。

我今天就是 Emotional 的，情绪上可能会因为丢了摄像机而有些影响。所以我脑海中带着这个意识，更加认真地做了绕飞检查，更仔细地做了检查单，然后看着航图在脑海中把今天飞行的整个航程都过了一遍，才坐上飞机准备飞行。

带着小小的挫折，我们起飞前往弗雷德里克顿。这一段是 290 海里，用时 2 小时。弗雷德里克顿本身不是一个旅游城市，但这里是蒙克顿（也叫蒙顿）航校的分校，是中国民航海外培训基地当中较大的一个。这里的飞行学员基本都是国内各大航空公司送出来的精英，我也认识其中几个正在飞的学员，所以决定去看看他们。

在空中也偶尔有信号，所以我可以发微信跟他们保持联系。说到飞行当中使用手机，我也是当了飞行员之后才知道为什么条例禁止使用（以及我为什么可以用）。乘坐民航的飞机时，大家都知道肯定是不能在空中用手机接打电话的，尤其是在起飞和降落阶段，因为手机的信号有可能干扰到飞机的导航，但说得再明白一些，就是民航飞机的导航需要的精度很高，为了保证大家的安全。

如果是我们这种私人飞机，首先是我们飞目视的，看不见的地方（比如有云）我们不能去，所以对于导航要求没那么高，而我主要的

飞行员之家

导航设备其实就是手机本身，安装一个空中用的导航软件。对于我们这种飞比较简陋的小飞机的驾驶员，按法规来说其实也不能在空中用手机发消息，但不是因为飞行安全问题，是因为空中的手机信号会对基站产生不良影响（比如手机同时跟几个基站握手）。鉴于此，在很多情况下如果能有信号，尤其是在低飞的时候，小飞机的飞行员也会在空中用手机，因为这时候飞机对于基站来说，跟在公路上行驶的汽车差别不大。

我们在这里停留的时间不多，毕竟这帮未来的民航机长平时还都挺忙的。我去看了看他们的宿舍、教室，还喝了杯他们平时经常喝的咖啡。

他们平时的生活可以用辛苦来形容。对于他们来说，平时的生活只有航校宿舍两点一线，可能只有飞上天之后才能看看加拿大。我曾经问过在这儿学飞的一个兄弟浩洲，在这儿生活和学习的压力大不大，停飞的压力大不大，他的回答是其实还行。他对我说，他觉得训练下来确实还是有很多东西需要自己去学习，不过觉得“成为飞行员”其实蛮简单的，但成为一个优秀的，独当一面的，为全飞机人的生命负责的飞行员是真的需要严苛要求自己，不断去学习和总结经验。

在我听到他们口中对自己同学的评价之后，发现这是个难得的友善的群体。他们来自不同的公司和不同的学校（有北航的和中飞院的等），有的是大毕改，有的是养成生，但相处得都很好。

浩洲补充道，如果说有压力，其实是来自国内的（女朋友的），毕竟他们这个岁数是感情最纯真的时候，在这个时候异地恋对双方都是挺大的考验。我想跟他说一句话，就是成年人的世界就是会不停地去告别。后来想想，没说出口。说谁不会，轮到自己谁又能轻易地去承受离别。

这次我跟书老师来去匆匆，没跟他们一起飞一次。但从他们的眼神当中我看到的是清澈、友善、聪明。我特别喜欢跟聪明人待在一起。中国民航也从来都是飞行员、机务、空乘等这样在一线的人给我更多的感动和震撼。

下午时分，我们准备离开弗雷德里克顿。起飞之前做绕机检查的时候发现了个严重的问题。由于飞机之前停的位置比较靠里，不太好掉头，一个不知道哪跑过来的机场工作人员告诉我说压着机尾就能原地调头。我以为他开玩笑也就没在意，但这个大哥就真的压着我飞机的机尾，想让机头翘起来之后原地掉头。这种方法可以使用在比较轻的塞斯纳 152 或者塞斯纳 172 飞机上。但我这飞机一吨半重呢！就他强行掉头这一下，前轮在没有抬起来的情况下（因为根本压不起来）蹭着地，导致前轮已经有点歪了。我说大哥，多谢了，我们自己能搞定，然后大哥就溜达着走了。我拍下了这张照片，目测真的是有一点

与未来机长们的合影

前轮目视可见的形变

点歪了。算了，人家也是好心。

前轮本身也是我们这种小飞机比较脆弱的地方，在降落的时候我确定飞机扎实接地之后都会一直把杆带到胸前，为的就是减少前轮的承重，以及利用升起的垂直尾翼做空气减速（省刹车）。我仔细看了一下，整个传动系统似乎没有影响（有影响我也没辙）。这个细节我也没跟任何人说，但我自己想了一下，虽然前轮脆弱，但也不至于这样一下就完全损坏它，起码我是可以做个测试证实它是否还能正常工作。可能出问题的时间点就在于滑行转弯的时候，以及起飞后收轮的时候。我非常小心地上了飞机，发动，滑行。滑行起来似乎是没有问题。起飞之后，我特意比平时晚收轮，万一有啥问题起码我还有更高的高度，换来的是更多的时间去解决问题。试了一下收轮也没有问题。

然后，我在收轮之后又尝试了一次放轮。书老师因为不知道这个事，所以很纳闷地看着我。我跟他说没事，我就试试。放轮也很正常，三个指示灯都亮了绿色。于是，在再一次收上轮之后，我们开始了今天第二段飞行，前往新斯科舍省的首府哈利法克斯。

航程 141 海里，1 个小时就到了。我曾经在 2018 年的夏天去过哈利法克斯，参加过一次加拿大的国家级旅游展会。那时候对这个城市印象就很好，我当时已经会飞了，但我的那架塞斯纳 172 很难能飞到这边。当时我确实许过愿，期盼着自己以后能有机会飞过来。

良好净空条件的哈利法克斯国际机场（降落前）

从图中可以看到，这机场的净空条件真的很好，就算以后想要扩建也很容易。我回想起曾经听我朋友讲的在某市大力发展通航的一个行政区，有一条公路改建的跑道。这条跑道刚想说扩建延长一点，当地人马上在跑道头盖起来三层小楼，为的是能多拿一些补偿。不能怪他们，但确实在某些地方发展通航挺难的，可能得先有意识，才能有发展吧。

哈利法克斯国际机场的塔台特别友好，也非常专业。这个机场其实是我们这次整个行程当中民用航班数量第三多的机场（还落地了温哥华国际机场和温尼伯国际机场），所以在我们进入塔台管制空域的时候，就一直听到他们在不停地安排其他民航飞机的降落和起飞。我心里还做了预案，就是如果他们要让我在空中等待，我应该用什么样的功率去飞才能最省油，但塔台一直是让我往五边线路上靠（五边指的是飞行航线当中，最后要降落到跑道上的那个航线），在我距离跑道还有 4 海里的时候（很近了），塔台把我安插到了两架降落的民航飞机 737 之间，告诉我大速度（搞快点儿）跟着前面的 737 降落，之后尽快脱离跑道，我照做了，所以就一点儿时间都没耽误。

这次落地哈利法克斯国际机场的是 32 跑道，之后绕了好久才到了我们小飞机的航站楼，因为机场其中一条跑道在翻修。这条翻修的 23 跑道变成了临时的滑行道，也就是说飞机虽然不能从跑道上起飞，但是可以在上面滑行。我在滑行到一半的时候，对面来了一架空客 A320，竟然开了 landing light！这个灯虽然字面上叫作降落灯，但由于它是对着正前方照的，所以被民航用来当作起飞指示，也就是告诉跑道上可能出现的其他人、车辆和飞机（还有鸟），这架飞机准备起飞了。

这吓我一跳，如果它开始加速滑跑，那就是小型特内里费空难了（后来想想它应该没事，但我有事）。我快速查了一下我在的位置，确实我没有走错，地面管制就是这么给我的指令。于是我赶紧在地面频率报话：N9685Y（我飞机的呼号）在 23 跑道上滑行（taxiing on runway 23），意思就是告诉对面的飞机（因为他们肯定能听见）我还在跑道上。

对面飞机果然听见了，不过让我“生气”的是，他们竟然回复：哈，我们就是开玩笑的 (ahha, we were just messing around)，我一下心领神会了，于是我也打开了我的 Landing Light，并在频率里回复“Roger”，之后与他们擦肩而过的时候还互相招了招手。

刚把飞机停好熄火，就有一辆小车开到我的飞机旁边，一问，原来这是我自己租的车。我租车的时候是通过 FBO 租的。FBO 就是在机场内部专门负责小飞机停放、加油和维修的公司，作为高端服务的一部分，他们可以把客户租的车停放到飞机旁边，这样拿了行李下飞机直接放车上，而且车也可以在未来的租期之内自由进出机场。

在 FBO 办了简单的手续，之后把行李装上车，我们就开车进城了。我们在哈利法克斯住了个民宿，房东是爱尔兰人，跟我们同住。我们放下了行李就去市里面取摄像机。

2018 年我来开会的时候，加拿大新斯科舍省旅游局推荐了几个特别好的海鲜餐馆，也让我知道了这里才是波士顿龙虾的产地（没错）。我们从机场开车出来的时候，还看到了专门运输龙虾的货仓，可以直接把龙虾冷藏然后运到货机上。我之前没想到的是，这里的很

租的车直接开到飞机旁边

属于蓝天的飞机

多龙虾是要空运到中国的，所以这专门运输龙虾的仓库上面竟然写的也是中文。在 2018 年 11 月就有一架满载龙虾的波音 747 货机因为天气原因在这里冲出跑道，机身上还写着中文“年年有渔”。

据说飞行员和龙虾都没有伤亡。

不过话说回来，因为这里产的是冷水龙虾，新鲜，肉质饱满且鲜美，而且在原产地，所以是好吃又便宜。晚上我请书老师在海边的万豪酒店里的餐厅来了两只大龙虾，只要 35 加币，一只一斤多呢。我个人也非常喜欢吃生蚝，来了一打。

这里干净的海水是最好的调料。龙虾是直接用海水蒸的，肉非常

专做龙虾运输的公司

一斤多一只的大龙虾

不同品种的一打生蚝

饱满，筋道，配上热过的黄油（已经是液体了），真是垂涎欲滴。而生蚝（当然是生吃）里面会带一点点海水，有一点儿咸味，再加上肥美新鲜的蚝肉，简直是绝了。

之后又喝了好几瓶啤酒，一边喝一边祈祷着不要痛风。丢摄像机的不愉快就被我这么没心没肺地给忘记了。

Day 3

Tim Horton's 咖啡创始人的私家酒店竟然有自己的跑道

>>> 哈利法克斯—奢华酒店—联邦大桥—哈利法克斯

2019 年 7 月 10 日

我跟书老师都不是专业摄影师，更重要的是我平时在空中的飞行其实工作量蛮大的（因为我没有自动驾驶），所以更拍不出好看的照片，所以我在哈利法克斯约了摄影师 Eva，她在这里生活，对整个省都比较熟。于是，我今天的计划就是扔下书老师，带 Eva 飞到省最北部海边的一个高端酒店（酒店自带私人机场可以起降公务机），然后飞往爱德华王子岛，空中看著名景点联邦大桥，最后到 Peggy's Cove，一个著名的灯塔，晚上再回到哈利法克斯。

早晨 Eva 开着她的小 mini cooper 接我一起来到机场的公务机航站楼，我发现我的飞机已经放到 FBO 的门口了，还铺上了红地毯。这种待遇在真正的私人飞机（公务机）上我见过，在我自己的飞机上这还是第一次，这个 FBO 真让我眼前一亮。

有了摄影师就是不一样，在我做绕机检查的时候，她拍了很多我飞机的细节。

起飞之后飞往那个酒店，叫作 Fox Harb'r，只有 60 海里，飞行 25 分钟就到了，但如果开车的话要绕一些路，没有高速，所以需要 2 个小时。虽然只有短短 60 海里，却也跨过了联合国教科文组织评定的世界自然遗产之一——芬迪湾。

简单地说，芬迪湾是个出恐龙化石的地方，也是世界上海水涨潮落潮差别最大的地方，还是暗夜星空保护区（所以传统项目应该是晚上在海滩边上烤龙虾然后夜里看星空）。但我没有在网上预约到这个体验，只能遗憾地放弃了地面上的活动，从空中看看就好。芬迪湾的水非常有特点，呈红色，这是因为它周围的土壤当中富含铁元素。这个芬迪湾也算是新布伦瑞克省和新斯科舍省的交界。

Eva 对于飞行也是很有兴趣的。她问我她是否可以尝试一些简单的操作，这个其实是可以的，我给她大概讲了一下规则。最重要的一点就是，如果我说我来控制，她一定要松手不要跟我抢操作，然后就把操作给到了她手上。她做了简单的转弯，爬升下降和平飞，手感还是不错的。

我希望她能最终学会飞行。我觉得现在我们看待飞行，就好像

我（摄影：Eva）

准备好了可以起飞（摄影：Eva）

准备好了可以起飞（摄影：Eva）

飞行中的仪表（摄影：Eva）

起飞前的油箱检查（摄影：Eva）

标志性的 V 字尾（摄影：Eva）

飞行中的手机导航（摄影：Eva）

芬迪湾的红色水（摄影：Eva）

30 年前我们看待私家车的时候是一样的。那时候谁如果会开车就已经很厉害了，如果自己有车的话简直是不可想象。但车其实就是个交通工具，有车一定会觉得很方便，而且自己生活的半径（范围）也会扩大很多。

人就活一次，那么怎么才能活得比较值？我的理论是，只要能在自己生活的这个时代稍微走在前面一点就算值。我觉得飞行也是未来会流行的一种交通工具，是百姓家能有机会享受到的，它有它无可比拟的优势。虽然可能永远都不会像现在的汽车这样普及，但像摩托车一样的存在也是有可能的。

说个题外话，如何判断一个人是不是飞行员。只要看他 / 她是怎么去握杆的就好。如果是真正的飞行员，在平飞的时候，一定是单手握杆，因为他的另一只手需要去做别的操作。如果不是飞行员，一般都会认认真真双手握杆，就好像开车认真握方向盘那样。

快到 Fox Harb’r 的时候开始做降落检查单。这个机场由于是私人机场，所以没有塔台管制，但也需要提前申请降落许可。就好像咱开车出去，如果去逛商场，那不用提前跟商场的停车场申请，但如果是去别人家里，那人家必须同意了咱才能去。由于提前有申请，落地时间比较准确，所以我落地之后停好飞机，酒店的小车就来跑道上接我们去前台。

交操纵给 Eva

这是一次旅游局安排的参观。当时新斯科舍省旅游局听说我要飞去他们那里，也非常感兴趣，并且帮我安排去这个有自己跑道的酒店参观一下。今天负责接待我们的，就是酒店的副总经理 Claire。这个酒店的创始人 Ron Joyce 是 Tim Hortons 咖啡厅的创始人之一，老虎伍兹等名人在这家酒店自己的球场比赛过。

我以前曾经学过旅游和酒店管理。以前工作的一个重要内容就是酒店考察。从一个酒店的配套设施能看出很多东西来。愿意给自己酒店配备跑道和码头的酒店，基本可以说明这是个非常高端的度假酒店，路上交通没有那么方便，但更亲近自然，景色一般都会不错。

除了跑道和码头这样的设施，其实其他的东西也很能说明问题。比如每次来到酒店大堂的时候，假如我有行李，我一定会叫行李车来。行李放上去之后，我一定会自己推一下这个行李车去感觉一下。行李车是一个常用的属于前厅部的财产，但也容易产生一些损耗。比如在拉了很重的东西或者平时发生碰撞之后，轮子往往会有些偏差，导致推起来可能会走偏。这种时候，如果酒店觉得这种情况不需要花钱修理，其实也是很正常的想法。因为它并没有特别影响使用，外观肯定是看不出来什么的，而且推车的是行李员也不是客人自己。但管理好的酒店会去花钱修理这个行李车，而这么做只有一个理由，就是为了让自己的员工在工作的时候更省力，也就会让他们更开心。员工开心了，他们服务的客人自然就会受到更好的服务。

午饭过后，我们准备起飞。其实来到这个酒店的意义并非完全是考察酒店。我还有一个理念是人要尽量去过不同的生活，或者是多接触过着不同生活的人。这个酒店客户的圈层明显是上流社会，我虽然一辈子都成为不了上流社会的人，可能也不完全认同他们的生活方式，但我希望起码能有机会体验一下，或者说是去见识一下。午后的起飞总是需要注意的，因为温度和湿度的升高会对飞机的升力产生很大影响。虽然 Eva 比书老师体重轻多了，但是为了保险起见，早晨我也没有让 FBO 加满油，所以飞机相对还是比较轻。整个酒店非常漂亮，起飞之后我还特意绕飞了一下这个酒店，而 Eva 从空中拍下了它。

我们继续飞往爱德华王子岛去看著名的联邦大桥。因为加拿大建国实际上是在爱德华王子岛上完成的，所以这座 1997 年通车的大桥就被命名为联邦大桥。

有意思的是，这个大桥被设置为禁飞区，禁飞区的高度从海面算是 500 英尺，但大桥的两侧却可以随意飞行。这个大桥的桥洞设计也很讲究，为了方便船只通过，桥洞的高度就有 200 英尺，相当于 61 米高，其实如果没有这个禁飞区，我是挺想飞着钻钻这个桥洞的。

Eva 很快就拍到了很多好照片，于是我们开始往回飞。新斯科舍岛上另一个游客必打卡的景点叫作 Peggy’s Cove 灯塔，这个灯塔

高尔夫大师的纪念品（摄影：Eva）

餐厅（摄影：Eva）

俱乐部三明治（摄影：Eva）

起飞后空中看酒店（摄影：Eva）

联邦大桥（摄影：Eva）

建于 1915 年，不光是灯塔本身美丽，更因为灯塔坐落在海边的花岗岩上，周围的环境更美丽，所以就成了很多加拿大明信片上的景色。

这个灯塔属于哈利法克斯进近管理，我在绕飞之前给他们通报了我的意图，获得了批准，但他们提醒我注意无人机。这样的空域确实是允许无人机飞行的，而且我也会降低高度。对于小飞机来说，我只要距离最近的人员不小于 150 米就可以，所以我其实可以飞得很低（因为起码海面上都没有人，理论上我可以无限贴近于海面，但是为了安全我不会那么干）。

跟绕飞尼亚加拉大瀑布一样，我把景色放在了摄影师那边，Eva 专心拍照，我就专心地看着飞机的时速、姿态，同时寻找着外面有没有无人机（确实不太好找）。

Eva 说她曾经去过多次 Peggy’s Cove，但这是第一次从空中看。绕飞了几圈之后，我们准备返回哈利法克斯机场，途中路过了城市的繁华区域，也让我有机会把哈利法克斯的城市风光尽收眼底。

落地之后 Eva 开上车，带我来到了市里面。这里有个我准备二刷的海事博物馆（也叫泰坦尼克号博物馆）。我个人是很喜欢这段历史的，而追寻泰坦尼克号这个故事的脚步也是我这次来北极的主要原因之一。

大部分人知道泰坦尼克号的故事都是从詹姆斯·卡梅隆导演的电影《泰坦尼克号》知道的。这部 1997 年上映的电影是一部拍摄的时候就花费了 2 亿美元的大制作。卡梅隆是个非常抠细节的人，这点让我非常敬佩。在拍摄这部电影之前，他曾经拍摄了一部不太为人所知

联邦大桥（摄影：Eva）

Peggy’s Cove 灯塔（摄影：Eva）

的泰坦尼克号纪录片。而电影开篇的时候，有潜水艇下潜到泰坦尼克号水下残骸的镜头，这个也是完全真实拍摄的。而卡梅隆导演自己也下去看过两次。

同样真实的还有电影的其他部分。不知你记不记得最后沉船的时候，有一对老夫妻躺在床上抱着，他们不准备逃跑，就决定死在一起？这对夫妻实际上是美国梅西百货的创始人，绝对的富人阶层。他们决定不走了，但让自己的贴身女佣 Ellen 上了救生艇，她活了下来。Ellen 还不是跟了他们好久的贴身女佣，而是一周之前刚在伦敦认识的。在电影中的那次晚宴上，也就是 Jack 救了想自杀的 Rose，之后被邀请去一等舱吃晚餐的时候，Rose 拉着他给他介绍船上的其他富人，那些人也都是真实的。当时站在门口问 Jack 是不是某个地方的道森家族的人的那位，就是船上最有钱的人 Jacob Astor。他家族另一个不太有名的人的一个副业就是华尔道夫酒店集团的创始人。

就连那个他们口中的暴发户 Molly，也是真人。在电影中她主动给 Jack 自己儿子的一套礼服，而实际上她也是个非常友善而且乐于助人的人。

电影中只有男女主角是虚构的。即使是这样，Jack 的姓名也是卡梅隆在一个埋葬了很多泰坦尼克号遇难者的公墓当中找灵感的时候想到的，或者说他看到了那块墓碑，然后想把那个逝去的人写进电影中。

类似这样的故事在船上发生了很多，让我看到那时候有钱人面对生死的时候所做的不同选择。

哈利法克斯的海事博物馆就有整整一层都是有关于泰坦尼克号的，因为本身这个城市就跟这个事件有不解之缘。首先是当时沉船发生之后，哈利法克斯是距离沉船地最近的大城市，这里本身渔业发达，所以很多渔民开着自己的船前去救援。与其说是救援，其实就是去帮忙把那些穿着救生衣但是被冻死的人接回来。之后有钱人的遇难者的家人会过来把尸体接回老家去埋葬。而很多三等舱遇难的乘客，家里根本没有钱，或者说根本不知道家里人是谁，在哪儿，则是由哈利法克斯市政厅拨款，把他们统一埋葬在市中心的一个公墓。而最惨的是有的遇难者没有携带身份证明，所以根本不知道他们是谁。这些人也被一同埋在了公墓里，但墓碑上没有名字，只有数字。这是这个城市跟泰坦尼克号的第一层缘分。

第二层缘分来自一个在这里出生且学会航海的水手，叫作Samuel Cunard。他在成为水手之后，凭着自己刻苦的精神和商业头脑，在伦敦创办了Cunard邮轮公司。当时在电影开篇的时候Rose和她的未婚夫等人抵达码头，Rose看到泰坦尼克号第一句话是这船没有毛里塔尼亚号大，这毛里塔尼亚号说的就是当时泰坦尼克号的母公司，白星邮轮公司最大的竞争对手Cunard邮轮旗下最新的邮轮。毛里塔尼亚号和当时一起下水的卢西塔尼亚号，是当时往返欧美的

空中看哈利法克斯（摄影：Eva）

泰坦尼克号博物馆

最豪华也是最快的客轮。而白星邮轮公司就是为了争夺它们的市场份额，才建造了泰坦尼克号和其他两艘类似的客轮。

博物馆里很多的展品都是当时去救人的渔民顺便打捞上来的。有些船上的装饰品，因为是木质的，所以漂在海上没有沉下去，于是就被人带了回来。

在博物馆礼品店，瞎逛的时候我发现了一本书，封面非常有趣。是一个男人骑着一匹马，在一个沙岛上。当时只是拍了一下书的封面，回去查了一下，才发现这个岛太牛了，一定要去！

礼品店看到的有关沙岛的书

Five Fishermen 海鲜店

Eva 开车回了家，因为第二天还要早起。我和书老师来到一家我在哈利法克斯一直想打卡的一个地方：Five Fishermen 海鲜店。这里曾经是泰坦尼克号遇难者的停尸房。当时很多渔民去打捞遇难者尸体，因为这里距离码头比较近，所以就暂存在这里。

这让我很感动，因为这样的行为其实对于餐厅的生意按理说是只有负面影响，但起码那些死去的穷人也算有了一丝尊严。

Day 4

一个“撞”沉 350 多艘船的神秘死亡岛

>>> 哈利法克斯—沙岛—悉尼—路易斯堡

2019 年 7 月 11 日

在哈利法克斯市中心有一个公墓，在这里面有一块区域是专门埋葬泰坦尼克号遇难者的。一早我就开车和书老师一起来到了这里。欧美人对墓地似乎并无忌讳，我还记得在英国读大学的时候，一个德国同学过生日那天，特意邀请我们去家里吃饭。饭后的活动竟然是去附近的公墓溜达。说起来很诡异，但实际上那里特别漂亮，很多花园都没有那么漂亮。

这里比较引人注意的就是两块墓碑。一块是泰坦尼克号上最小的遇难者，只有 19 个月大。在当时被打捞上来的时候，水手日志上有着这样的记录：

4 号 – 男 – 估算 2 岁 – 发型：普通

衣服：棕色外套，脖领上有皮草，法兰绒服装；粉色羊毛汗衫；棕色的鞋子和袜子。

可能是三等舱乘客。

他在这个世界上短暂的人生，只是一个数字——4 号。

但让我感动的是，加拿大人还是没有忘了这个事。直到 2007 年，泰坦尼克号沉没 95 年之后，Lakehead 大学利用当时比较先进的 HVS1 线粒体 DNA 测试，和泰坦尼克号遇难者数据库进行对

年龄最小的遇难者

比，确定了这个不知名的小孩的身份。他名叫西尼（Sidney Leslie Goodwin）。之后，拿着从他家亲戚的手里找到的他当时登船前拍的照片，哈利法克斯市政厅马上把他在市中心公墓的墓碑加上了他的名字和照片。

而这里还有很多其他的墓碑，上面依然只有数字和遇难的日期。

而另一块比较有名的墓碑就是写着 J. Dawson 的。电影《泰坦尼克号》导演卡梅隆在剧本创作初期曾经多次来到这个公墓，据说也是在这里有了电影相关的灵感，所以男主人公的名字就用了这个人的。但卡梅隆导演也是个非常细心的人，他在发现很多电影粉丝会来到这里给这个墓碑献花甚至写信的时候，他也曾多次站出来说过自己并不是从这里获得的灵感。可能灵感真的不是来自这里，也可能是他希望下面的人安息。

这次北极飞行，我有个很重要的计划。事实是，距离泰坦尼克号沉没点最近的机场是位于圣约翰斯的国际机场，我的计划是几天后从那里起飞，然后去绕飞它沉没的地方。我知道泰坦尼克号沉没在海面以下大概四公里的地方，我也算是知道这个深度的含义，因为在飞行的时候，巡航可以到达的最高的不需要使用氧气的高度就是 12500 英尺，约等于 3800 米。我从机舱往外看下去的地面，就是泰坦尼克号残骸与海面的距离，也是世界上各个大洋的平均深度。

其他无名墓碑

“Jack” 的墓碑

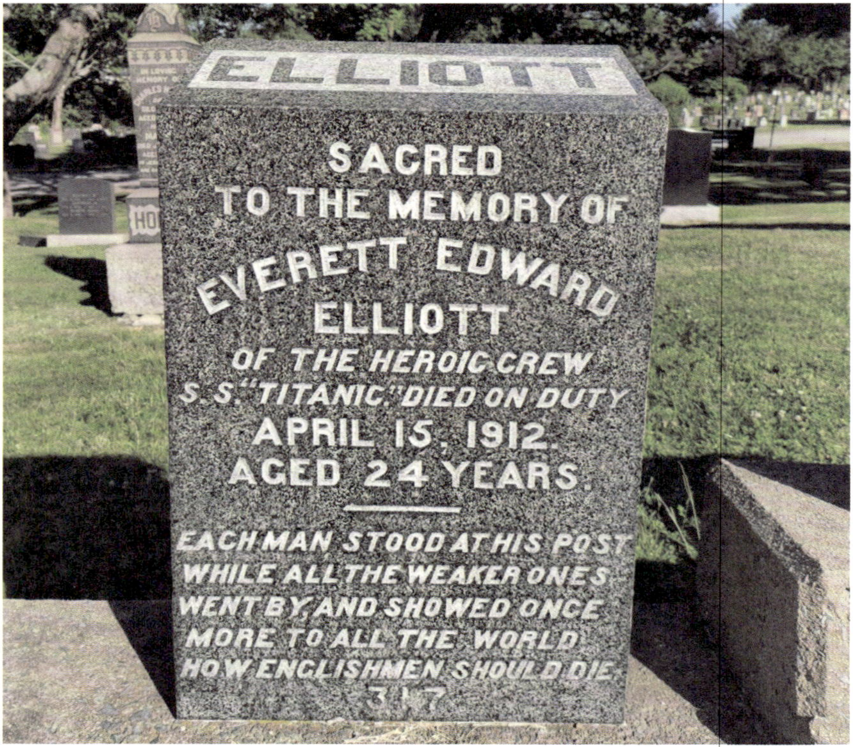

艾略特的墓碑

我知道我即便飞到那里也肯定看不到任何东西，除了一片汪洋大海。但我对那些船员，那些当时的有钱人，有着深深的崇敬感。他们就为了自己的尊严，选择把救生艇的位置让给女士和孩子，选择面对自己的死亡。我曾经想过自己的终结，肯定就是两种方式。一种是不需要自己做选择的，比如重病不治，比如意外，这些都没得说，这是命。但如果是需要我做选择，需要牺牲我自己让别人活下来的时候，我不知道自己会怎么选。现在说说当然容易，我想当高尚的人，我想当烈士，但真到那个决定命运的时刻来临，我无法保证自己会不会变成一只缩头乌龟。

这就是为什么我会崇敬这些已经做了选择，舍己为人的人。

ELLIOTT

SACRED（神圣）

TO THE MEMORY OF（纪念）

EVERETT EDWARD（艾佛里特·爱德华）

ELLIOTT（艾略特）

OF THE HEROIC CREW（英雄船员）

S.S. “TITANIC” DIED ON DUTY（泰坦尼克号 因公殉职）

APRIL 15, 1912（1912 年 4 月 15 日）

AGED 24 YEARS（年仅 24 岁）

EACH MAN STOOD AT HIS POST（每个人都坚守岗位）

WHILE ALL THE WEAKER ONES（而弱小的人视而不见地离开）

WENT BY AND SHOWED ONCE（这再次对世界）

MORE TO ALL THE WORLD（展示了）

HOW ENGLISHMEN SHOULD DIE（一个英国人应该如何离开这个世界）

317

所以我计划写个卡片，买束花。然后去绕飞泰坦尼克号沉没点的时候把它们一起扔下去，就像 Rose 把海洋之心扔下去一样。

开飞机的时候还能从窗户往外扔东西呢？！还真行。虽然开车的时候从车窗中扔东西出来是违法的，但从飞机当中扔东西不违法。不过需要满足两个条件，不能污染环境，也不能伤及下面的人员和财物。这是几天之后的计划，但今天还要去个很少人去过的地方。

我们离开公墓回到哈利法克斯机场准备出发。因为是从机场内部租的车，所以直接开到飞机旁边。我们卸下行李，有专人把车开走，这就算还完了。飞机加了油，我们准备起飞，要去一个比百慕大还恐怖的地方——沙岛。

沙岛，英文名叫作 Sable Island，就是我上文中说的那个在书店里面看到的有趣的一本书的封面。这是一个位于大西洋上，加拿大

低飞掠过沙岛

沙岛上著名的马

东南部100多公里的沙子岛屿，造型奇特。长40公里，宽只有1公里，海拔2米左右，岛上基本只有沙子。

这样一个不大的沙岛，在这里有记载的搁浅船只数量就多达350艘。因为这个岛的海拔低，所以航行的时候从船上根本看不见，晚上就别说了。一旦船撞上了，基本上都是在全速航行的时候，那船就废了。岛上也没什么吃的，人基本就都没法活。所以，在很长一段时间内，因为没有人活着从这走出去，外界也不知道它的存在。

这样一个岛，现在是加拿大的国家保护区，没有许可是不能开船接近的，但空域却没有限制。这简直是给我定制的旅游景点啊！

飞行163海里，用时1小时5分。飞到这个岛上空，看到了真正的原生态，数以万计的海豹！让我瞪大眼睛要寻找的，是一种非常常见的动物——马。

马并不是什么稀奇动物，但在这个岛上却特别有名。马在这个小岛上的起源众说纷纭，但很有可能的一个说法是它们来自以前某一艘沉船。当时的人没有活下来，马却一直在这个岛上繁衍生息，已经有几百年了。

我们沿着这个岛绕圈飞了一下，将近100公里，也用了半个多小时。机舱内的GPS并不知道外面的风景如此美好，已经出现多次近地警告。我有过 8 个小时的水上飞机飞行时间，50 次左右的水上飞机起降经历，算是有一些经验，所以我并不是很担心贴近水面的飞行。但这次也没有距离水面太近，主要是怕撞鸟。

撞鸟其实对于民航飞机会有一定影响，但对我这样的小飞机影响不算太大。因为民航飞机速度快，而我在低空飞行的时候航速就比较慢。我说怕撞鸟的意思是不想就因为我们自己想多看点美景而导致鸟被我们的飞机撞死，那也太自私了。

书老师一边不停地拍照，一边感慨在大洋中突然出现的这样一个岛。因为岛上没有树，所以还真能看到传说中的马！它们看起来很快乐，身上都是泥，我们就在这看泥马呢。就在我准备加油门爬升高度继续飞往今天要去的目的地悉尼的时候，我忽然看见旁边有个海上石油钻井台。

这还能不过去打个招呼吗。于是我很近地绕飞了一下这个平台，绕完一圈，公共频率里传来他们打招呼的声音，我们也回复了，跟他们说我们就是来旅游的，祝他们好运，之后就离开前往悉尼了。我这里说的悉尼，可不是澳大利亚的第一大城市。这个悉尼位于新斯科舍省。

飞行 134 海里，用时 50 分钟。悉尼机场没有塔台，是个 Radio 频率，负责充当空管，地面管制，还有放行的功能。可以说是个很安静的机场，但是也有民航，航班一天飞几班而已。

出现近地警告的 GPS

跟海上平台打招呼

路易斯堡的傍晚

过夜露营的帐篷

我落地之后滑行到露天停机坪停好了飞机。下飞机的时候发现正好有一架 WestJet 航空的飞机在滑行。本着对民航飞行员一直以来的崇拜，我站在我飞机的机翼上跟他们挥手打招呼，他们的机长竟然也打开窗子跟我们打招呼（一般民航飞机都可以开窗），这种氛围真是太赞了。

这个机场没有之前那么高级的 FBO，所以我还得走路到航站楼里去租车。航站楼也有专门给像我这种自驾飞机来悉尼的飞行员走的通道。

租到车以后我们直奔路易斯堡。路易斯堡也是一个加拿大的国家文化遗产。路易斯堡始建于 1713 年，完工于 1745 年，历史上在这里的两次围攻，尤其是在 1758 年的战役，是英法两国争霸的转折点。这里在 18 世纪的时候还是很繁华的一个地方，是继波士顿、费城后第三个北美大西洋海岸最繁忙的海港。城堡本身非常大，就像个小城镇一样。在这里我们从城堡的公园管理处拿到了很难得的一个许可，是我提前一个月预定的，让我们能在这个文物一样的城堡内搭帐篷过夜。

帐篷就是之前美国南北战争的时候士兵们用的那种白色的帐篷。我们开车抵达园区之后。进去的时候已经是傍晚了，大部分游客都在

路易斯堡的夜晚

天空中的月亮（手机的夜景模式）

往外走。在入口处的管理员跟我们说城堡就要关门了，我说我们是来过夜的，他说那敢情好，祝你们有个愉快的夜晚，就让我们进去了。停好车，我们去找公园办公室，然后领到了过夜用的篝火燃料（木块），之后抱着这堆木头来到了自己的帐篷。

把装备安顿好，睡袋铺好了之后，我们开车出了园区。这附近本来就在海边，找个海鲜餐厅很容易。

吃完回来之后天色渐晚，我用我祖传的烧烤生火技能把几块稍微有点潮湿的木头点着了，就围着火堆坐着取暖。

我之前在带 Eva 飞的时候说过我个人的看法，我觉得人要活得值，最好能活得领先于自己这个时代。但如果想让自己生命的广度更宽，我觉得也要去过这个时代之前的人过的那种生活。我们出生在的这个时代是人类历史上科技发展最快的时代，几百年前的生活其实离我们已经非常遥远了。我承认我们现在的生活舒适度可以轻松超越几百年前某个皇帝或者国王最奢华的生活，可去体验几百年前普通人的生活还是对我有吸引力的。因为它在另一个方向上拓宽了我生命的广度。

夜晚的路易斯堡很安静，很冷，没几盏灯光。星空很美，很像 18 世纪。

Day 5

空中飞了加拿大最美自驾公路，竟然还路过了法国领土

>>> 路易斯堡—悉尼—圣约翰斯

2019 年 7 月 12 日

在路易斯堡露营的最大意义在于，在天亮之后一个人都没有。这天是阴天，路易斯堡也没有任何出戏的东西，空无一人，我很容易就能把自己置身于这个 18 世纪的城堡当中。这里是当时海运的交通要道，所以路易斯堡也曾多次易主，被英法两国抢来抢去的。

在路易斯堡纪念品店里，竟然发现它们跟景德镇合作的瓷器。真是有品位啊！

之后我们开车回到悉尼机场。几天前 Eva 曾经说过这边有一条非常著名的景观公路，在一个叫作 Cape Breton 的地方。我们肯定没时间自驾过去了，但去圣约翰斯的航路上可以飞过这个地方。

路易斯堡的小教堂

游人进来之前空无一人的街道

与景德镇合作的瓷器纪念品

飞越法国领土圣皮雷

世界上有很多条风景优美的自驾公路，比如大家熟知的加州一号公路或者是澳洲的大洋路。但你会发现一个有趣的事情，就是很多自驾公路的宣传照片都是航拍的，而并不是从行驶的车中拍的。

在这种风景优美的公路上开飞机观景，就需要注意三个点：一是不要完全沿着公路飞，而是尽量保持在公路的某一侧，这样往往更能把美景尽收眼底；二是要注意在空中很难发现的障碍物，比如高压电线等；三是在一些著名的网红打卡地点注意防备无人机。

飞机飞过这条最美自驾公路还是挺快的，我们的地速大概在每小时 300 公里，用了 20 分钟就飞完了最美的这段路。之后就直飞圣约翰斯。

很多人知道“飞地”这个概念（比如梵蒂冈在意大利，但是它是独立的一个国家，那么梵蒂冈就叫作飞地），大部分人都不知道加拿大实际上也有法国的一个飞地，叫圣皮雷（Saint-Pierre）。这是一个由三个岛组成的，位于加拿大领土内的，真真正正属于法国的飞地，就在我们从悉尼到圣约翰斯的航路上。因为之前根本没有攻略告诉我们如何驾驶私人飞机前往这个地方，我还特意给圣皮雷的塔台打过电话询问详细的入境规则。

首先是这里需要申根签证，因为是法国领土。正好我们有。而且这里使用欧元而不是加拿大元，时区也特别奇怪，跟它周围接壤的加拿大领土的时区差半个小时。我之前打电话的时候预约了今天的落地时间，但是在空中我跟我哥们儿一商量，决定还是不落这里，直接前往圣约翰斯。

小飞机的飞行是要比民航自由很多的。曾经有某个国家的民航飞行员，就因为用了跑道的全部长度降落，被管制员说了一通。其实我也理解管制员，因为如果用了全部跑道，就意味着要耽误后面飞机的降落，他就不得不让后面的飞机复飞。而小飞机就完全没有这样的顾虑。比如我现在要降落在圣约翰斯国际机场，这里的跑道长 8500 英尺，而我其实只需要三分之一的距离就够了。由于我要去的 FBO 在跑道尽头，所以我跟空管申请 11 号跑道的 Long Landing，就是从跑道的一半儿开始落，管制员很轻松地就同意了。

我们在圣约翰斯也从 FBO 租了车，在机场旁边住下了。

Day 6

失败地绕飞泰坦尼克号沉没点

>>> 圣约翰斯

2019 年 7 月 13 日

我准备去飞泰坦尼克号沉没点了。

我准备了一束花，但因为塑料包装袋不能降解，所以我把它们拆开了，换了环保纸的绳子把它们绑在一起。我还写了一个小卡片。之后来到小航站楼里做飞行计划。飞行计划基本分为两部分，一部分是给机场报的计划，一部分是给自己看的计划。

按理说我这样的飞行是不需要报计划的。在北美飞行，除非极个别情况需要提前报计划，其他的时候都是像开私家车上路一样，只要飞就行了。但我这次飞行由于会越过加拿大的 ADIZ（Air Defense Identification Zone），也就是空中的国境，然后我会在公海上再返回，所以想让加拿大空管和空军提前知道我的线路，减少误判。这份飞行计划非常简单，我对着航图把通过 ADIZ 的位置在计划中描述出来，算了一下通过两次国境的大概时间，填写上我飞机的注册号，我作为 PIC（Pilot in Command，机长）的信息，以及飞机上的救生设备等。这也是我想报计划的第二个原因，就是如果我在空中激活了这个飞行计划，那么如果我没有按时关闭，会有搜救队来找我的。对于要开着飞机往大洋里飞的人来说，有人知道我去哪、做什么，而且还有资源在极端情况下来救我，这是个不错的主意。

在做完了给机场的计划之后，我开始做自己飞行的计划。对于这样的一次飞行，我知道油料肯定够，而且飞的又是海上，没有特殊需要准备的障碍物或者飞行规则，所以我要准备的基本就是看天气了。一看天气，心一下凉了。在我的南边，位于我和泰坦尼克号沉没点中间，自西向东有一片比较大的雷雨云在移动。我的飞机上没有气象雷达，不过有比较老的黑科技，就是能显示出闪电产生的位置的仪表。闪电的位置基本代表雷暴中天气对流最强的位置，所以按理说也能躲开。而且明天我就要飞走了，所以如果这次不去，就可能没机会了。如果能绕飞泰坦尼克号沉没点，然后发个朋友圈，那是一件多酷的事情。我很纠结飞不飞。

然后我开始觉得我的想法很像当时泰坦尼克号的船长爱德华·史密斯。我觉得我能凭着经验躲开对流最强的雷暴区域，我为了想完成一个不必要非得完成的目标去冒险。距离跟机场报的计划中的起飞时间越来越近，我望着窗外的天空，然后决定不去了。我觉得我是真的喜欢这段历史，比起发个朋友圈，我更希望以实际行动尊重他们付出生命换来的教训。这也成了我这次开着飞机去北极行程中最大的遗憾。*

于是，我跟 FBO 说还得请他们把我的飞机拉回机库，然后下午趁着暴风雨没有来之前，开车去了圣约翰斯的一个很著名的地点——信号山。

信号山位于圣约翰斯最高的一座山的山顶，在这附近曾经在 1901 年年底接收到了第一个来自大洋彼岸——欧洲的无线电信号，因为这算是距离欧洲最近的北美大陆吧。

做成这件事的大佬叫 Marconi，一个意大利人，他也是凭借这个发明获得了 1909 年的诺贝尔物理学奖。他的公司后来也成了当时最好的世界无线通信服务商。泰坦尼克号上的无线电报收发室就是外包给 Marconi 公司的，只不过当时沉船那天附近的 SS Californian 号蒸汽轮船好心给在泰坦尼克号上的 Marconi 公司收发室发送冰山警告的时候，这个公司的员工回复：Shut up，I am working.

信号山这里现在也是业余无线电爱好者朝圣的地方，这里有个呼号是 VO1AA 的无线电站。

我并不懂任何有关无线电的东西，但是在飞行中确实必不可少，所以我是怀着一种崇拜的心态前去远观。

黄宇杰手绘画作：失败地绕飞泰坦尼克号沉没点

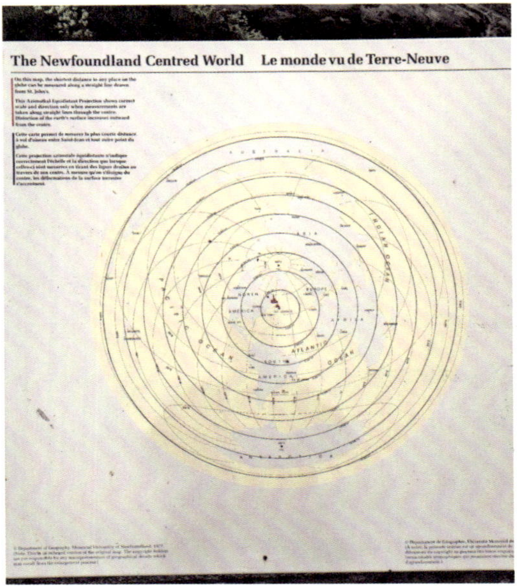

信号山覆盖的范围

信号山

刚买完好多明信片的我

我还在信号山这买了好多明信片，想着到时候带回国送给朋友们，希望他们别觉得我抠门。我不知道我心里想的事能不能通过这不起眼的天线让大西洋那边的人听到。

* 作者注：后来，在 2021 年 10 月 3 日的第 3 次尝试后，我终于实现了对泰坦尼克号沉没点的绕飞。

Day 7

大雾导致了延误，却巧遇参与《泰坦尼克号》拍摄的飞行员

>>> 圣约翰斯

2019 年 7 月 14 日

圣约翰斯让我见识到了真正的大雾，于是我们不得不多留了一天。

可惜损失了今晚的灯塔住宿。原计划今天是要飞到 Codroy Valley 的。那里很荒芜，但有一个把灯塔改成民宿的地方，叫作 Cape Anguille Lighthouse。这个地方在加拿大特别火，所以需要提前很久预定。我也是在哈利法克斯跟他们打电话时，偶然知道有人取消预定。当时我毫不犹豫选择了预定付款。昨天还特意给这个民宿的老板打电话，让他帮忙安排车从小跑道接我们到民宿。

住灯塔跟住路易斯堡一样，是我想体验的“过去的生活”。以前的灯塔守护人很孤独，却能享受无与伦比的美景。只可惜我这次又错

过了。

这下可是全损了。毕竟我们这种小飞机没有延误和取消险。

从出来那天算，我们赶路也有整整一周了，所以今天就当休息了。书老师特别有先见之明地带了个 Google Chrome TV，内置了网飞（Netflix）的 App，里面有《泰坦尼克号》的未删减版电影，然后我们把电脑和酒店的电视连在了一起看电影！

这个电影大家都看过，在此不作赘述，但要说一句：如果你没看过 3 个半小时的未删减版，那你真的不算看过这部电影。它多了不只是几个镜头和几分钟时间，而是足足多了一个小时。国内某著名网站有正版的，搜索一下就有，故事真的饱满很多。

我们一边看一边感慨，因为其中影片开始的时候，老年 Rose 坐直升机飞到有潜艇的那艘船上，当时就是在圣约翰斯拍的，选择的就是圣约翰斯的直升机公司 Cougar Helicopters，而这个公司的直升机就是专门把人从这往周边的船上和海上石油钻井平台上送，这点特别真实。

电影看完了，也快到晚饭时间了。还是由于大雾不能开车，我们就决定在酒店的餐厅随便吃点。书老师爱抽电子烟，于是他说先下楼去门口抽一口。我在洗手间洗漱一下，也准备下楼。

电梯门开了，里面有个胖子，看着身高不到 1.8 米，体重得有 180 斤，他戴了个帽子，帽子有点眼熟但我也没多想，于是我就走进了电梯。

瞬间反应过来了，他的帽子上写着 Cougar Helicopters！

于是我转过头来问他：Hey man, are you a pilot?（你是飞行员吗？）

He said: what gave me away ？（他说：你怎么看出来的？）

I was like: I was just watching the film Titanic, and your company flew Rose to Cavendish the ship!（我说：我刚刚看完《泰坦尼克号》这部电影！是你们公司把 Rose 用直升机运到 Cavendish 那艘船上的！）

He smiled: Yea, I was not that pilot.（他笑道：我不是那次的飞行员。）

I replied: That’s still cool.（我回复道：那也很酷啊！）

He continued: But I did fly James Cameron to Cavendish.（他

说道：但我载过导演卡梅隆到那艘船上。）

I shouted: WOW. It’s my pleasure to meet you sir!（我大叫：喔！真是太荣幸见到你了！）

然后我就跟他握了个手，电梯到了，他就走了。

飞行员真是一个特殊的群体。他们互相主动帮助，哪怕是刚拿到飞行执照的新手去问民航机长一个很简单的问题，人家也不会不耐烦。哪怕是跟竞争对手公司的飞行员之间都基本没有隔阂。尤其是在天气不好的地方，比如阿拉斯加，我听过太多次竞争对手互相帮助的故事。在公共频率里面，由于天气预报根本赶不上当地局部的天气变化，有时候在飞到山里之前，飞行员往往会问一下已经在山里的人气候怎么样。而即便对方是竞争对手公司的飞行员，大家也会如实回答并给出建议，如果看到天气恶化，一定会给出警告，顺便再约一下，晚上在哪个酒吧见。

我自己也有过多次体验。比如 2018 年我租飞机到夏威夷大岛环岛飞行，在西洛 Hilo 机场落地加油，准备前往火山喷发区的时候，在航站楼闲来无聊地溜达。这时候一个大哥看到我明显是 visiting pilot，就问我之后要飞哪，我说飞火山那边啊，大哥听了后说，去就对了！那边太好看了！然后让我等着，自己跑回办公室拿手机给我看里面的图片。我手机上正好有航图，我就对着图片问他这个景色是在哪拍的，那个景色是在哪拍的，他就给我一一讲解。

就这样，我也安全地通过了喷发的火山口附近的空域，看到了一生当中难得一见的景象。等到我回来想起他身上的 T-shirt，上网查了一下，才发现他是专门带游客从空中游览大岛火山那个飞行公司的飞行员。

白天能看到这样的岩浆是很难得的。

空中看到夏威夷大岛的火山岩浆

Day 8

一次完美的穿云降落，来到唯一能在地表看到地幔的地方

>>> 圣约翰斯—鹿湖

2019 年 7 月 15 日

圣约翰斯是我们这次环飞北极圈最东边的一站，从今天开始就要往西北方向飞了。

天气依旧不太好，但是达到飞行标准了。多云，云层很厚但是并没有贴着地，也没有雾，也没有风。我看了一下我们的目的地鹿湖那边的天气和航路上的地形，觉得可以走了。

之前每天飞行都是轻松又快乐的 VFR，也就是目视飞行规则。目视飞行规则可以看到很多优美的风景，就好像在草原上开车一样，很自由，想去哪就去哪。

今天虽然能飞，但需要飞 IFR，也就是仪表飞行规则。仪表飞行

规则完全没有那么自由，就好像开火车一样，只能按照规定的航路走，有规定的进场和离场程序（降落和起飞的程序），虽然不好玩，但是却能在这种天气条件下保证飞行安全。

其实也没有那么不好玩。对于一个飞行爱好者来说，能跟民航那些专业的飞行员和专业的飞行沾边，也是一件非常引以为豪的事情。IFR 仪表规则就是最好的途径，一切都那么“专业”，我再也不是开着小破飞机到处飞的那个人了，而是要完全遵守航路、时间。而且，我的飞机没有自动驾驶。自动驾驶设备本来是可以选装的。很多人在飞这么长途的飞行的时候都会加装，但我就不愿意。就好像汽车的自动挡和手动挡一样，如果一个很喜欢玩车的人，或者说专业赛车的车手，他们都会首选手动挡，不光是因为手动挡机械相对简单故障率低，更

起飞前乌云密布

是因为他们开手动挡，比普通人开自动挡还要快。我这么爱飞行，干吗让机器去替我享受飞行的乐趣。

平时飞行的时候，我的起飞方式也跟民航的飞机有些不同。比如，我在跑道上准备加速起飞的时候，就会把杆带起来，这样飞机在有点速度的时候前轮就会抬起。所有民航飞行员都会告诉你这是错误的起飞方式，因为如果是民航飞机，只要这么操作，就很容易擦尾，而且会导致飞机起飞需要的跑道距离变长，甚至是一直都起飞不了。但我这架小飞机就不同了，就算我一直把杆带着，它也是可以正常起飞，而且并不会增加什么跑道距离。这样做的好处就是，特别节约易坏的前轮，尤其是我这个第二天就被弄得有点弯的前轮。

起飞之后因为是仪表飞行规则，所以通信变多了，操作变多了，工作量大了。外面什么都看不到，一路上全都在云里。就好像进了一个四周都是白墙的房子。这种情况下如果经常看外面的话确实容易失去方向感，所以上策是盯着机舱内的仪表。

回想我在学仪表飞行的时候，学到的最重要的也是最让我震撼的一点就是，永远相信仪表，不要相信自己的感觉。这是很反直觉的，为什么要相信仪表而不是自己的感觉？仪表要是坏了怎么办？然后就学到了一个残酷的事实：机器不常出错，但人常出错。机舱内的传统仪表互相有备份，设计非常精妙。简单地说就是，如果有损坏或者出错，是会跟别的仪表有冲突的，而且根据冲突的点可以分析出来哪里

需要仪表飞行规则起飞离场

有损坏，也能知道该信任哪个仪表。

而人的感官就不同了。人本身是个二维的动物，虽然飞行的梦想是刻在人类基因里的，但人本身并不能像鸟一样对三维运动那么敏感。所有跟运动有关的信息都是由眼睛和耳蜗传递给大脑的。而错误的感官信息经常会发生在视觉本身已经失效的时候。这种错误的感官带来的后果很严重。从数据上来说，70% 的跟天气相关飞行事故都是因为这种错觉，而并不是因为大风大雨。

鹿湖这里的机场是为了加拿大东边最美的国家公园 Gros Morne 建立的，这里也有民航航班带着游客来。Gros Morne 是我们明后天要去的地方，对我来说这里最吸引我的是，这里是地球上为数不多在地表就可以看到地幔的地方。

没错，地幔在地壳之下，人类还没有钻透地壳的能力，所以根本没见到过地幔是什么样的。地幔是地壳和地核之间的很厚的一层，大约 2900 公里厚，地球 67% 的重量都来自地幔。这里的地幔就是难得的因为地质变动，被带到了地表，让我们可以见到这黄色的石头和土其实就是裸露的地幔。

我们还发现了一个特别美的海边小餐厅。

人喜欢海边，不光是因为它那广阔的景色，我觉得还有它变幻多

鹿湖机场

裸露的地幔

海边的餐馆

海边废弃的巴士

姿的样子。云的不同会让阳光不同，光不同则海面的颜色就不同。而云永远都不同。

高纬度的海没有沙滩、美女，没有雷鬼音乐，没有帕布罗·埃斯卡巴和他的小白面儿，这里有的就是万年不变的纯自然风光，冷风吹出的海浪，以及自己面对大自然的那份冷静。

晚上又来了一份龙虾生蚝啤酒套餐，膝盖隐隐作痛。

Day 9

看到了地幔

>>> 鹿湖—地幔—鹿湖

2019 年 7 月 16 日

太阳出来以后天气开始慢慢变好，但上午的时候还是有低云绕着山。我们昨晚住的这个海边小村子叫 Trout River。这个小镇非常小，开车从村这头到另一头只需要一两分钟。我们之前买的加拿大手机卡在这里都没有手机信号，在这儿只能用座机。

开上车出来，往 Tablelands 走。Tablelands 就是有地幔的地方。地幔在这儿有两个特点，一是比较富含铁，所以暴露在空气之下会带红色（橙色），二是含有一定的毒素，所以只有极少数植物能生长在地幔形成的地面。因此这里显得有几分荒芜。

在为数不多可以在地幔生长的植物中，有一些比较有趣。这样的植物枝干矮小，外形像一个馒头（甚至更像是拍瘪了的馒头）。因为这边的风大，而且风向不定，再加上植物本身的根很难像在土地生长时那么牢固地深入地下，所以植物本身不能太“招风”。当然这也不是绝对的，这样的环境，还能长出这样的花，令我吃惊的同时，不禁感叹生命就该这般精彩。

还有一种吃飞虫的植物，其中包括在北极地区特别常见的一种飞虫：蚊子。就像猪笼草一样，它袋子里的汁液也能够吸引蚊子，然后消化蚊子。但最牛的是，它消化一只蚊子能让它活很长一段时间，而这个时期内它袋子里的液体就变成水了，竟然能够为蚊子孵化孑孓提供相当舒适的居住环境。

我用一个小吸管把它袋子里的液体吸出来看，果然真的有孑孓在

Gros Morne 国家公园景区内可爱的望远镜

海边的宁静

吃蚊子的植物

地幔

Gros Morne 国家公园

动！看完了拍完照了，我又把这一吸管子了给放回去了，希望这棵草未来有更多的蚊子可以吃。

到了傍晚夕阳西下的时候开车回去的路上，Tablelands 的雾已经都散了，可以看到旁边不到一千米海拔的山顶上还有雪，而这时候也算是盛夏了。

如果不是为了后面的行程，我还真的想在这多待几天。

晚上村子里的 Wi-Fi 断了，导致我跟书老师喝了一晚上酒，就是聊天。聊的什么已经记不清了，海也黑得看不见，但我清楚地记得能听到海浪的声音。

Day 10

继续往北，飞越国家公园的峡湾

>>> 鹿湖—Gros Morne 国家公园—鹅湾

2019 年 7 月 17 日

鹿湖今天早晨是大晴天！所以我决定推迟起飞时间，再次驾车来到了 Tablelands 的另一侧，看到了晴天朝阳笼罩山顶的模样，还有清晰可见的雪。

这几天在鹿湖的节奏慢了许多，就像自驾到了新疆，或者青海，大家都悠闲自得。如今眼前的风景壮美坦荡，拂去了我们心中的浮躁。

这次鹿湖之行，也就是 Gros Morne 国家公园之行，我们缺少了一个非常重要的体验，就是徒步。这里的徒步线路极其完善，风景极好，但是都比较硬核。最短的徒步线路也需要 6—8 个小时，还需要有一定的装备，最重要的是需要好的体力。作为资深中年油腻男，没有保温杯让我走 6—8 个小时，怕是要加拿大国家公园管理员拿着担

晴朗的 Tablelands

奇异的花

架和火锅去救我了。

作为 Gros Morne 国家公园宣传册上的封面照片，Western Brook 峡湾算是整个国家公园最漂亮的地方，可惜就像我说的，需要徒步过去，要走两天才能拍到同款的打卡照。但是通过研究航图我发现，这个峡湾在我飞往下一站的航路上。

我们开车前往机场。因为还是在机场租的车，所以依然可以把车直接开到飞机旁边，这样装卸行李会比较方便。我曾经试过各个角度跟我的飞机合影，包括在车里拍后视镜里的飞机。而这次因为车型升级，所以车上有个后置倒车摄像头，那我更是不能错过这次合影的机会。不过倒车的时候我也意识到，飞机的翅膀对于后置倒车雷达是不起作用的，所以也非常小心，不敢靠得太近。

鹿湖机场的管理稍微比之前飞的加拿大机场都严格一些，进港的时候没有登记，但出港的时候，机场安保部门要求我去登记。其实就是一个非常简单的表格，我去登记了，也拍了个照片留念。挺自豪能留下中国人的印记的。

起飞之前做最后的检查时，我发现今天航路上风都有点大，不过我还是很期待的。之前在克利夫兰的训练其实对我帮助很大。我最开始学飞的时候是在佛罗里达，那里简直就是飞行的天堂。都是平原，没有山，这样飞行首先很安全。其次是除了暴风雨的天气，其他时候

倒车时摄像头中的飞机

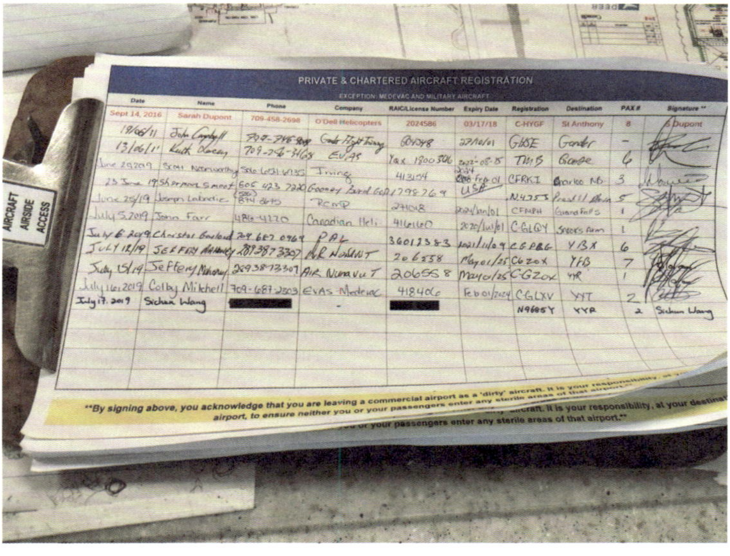

在机场安保室登记

风并不大。我在学飞的时候，超过 10 节的风就不能飞。

而到了克利夫兰的训练，经常是 15 节甚至是 20 节的风。Larry 老爷子经常带着我在这种天气下进行训练。飞的时候也是颠簸得很厉害。飞行员对于颠簸的级别有四个分类，轻度（微小的感觉），中度（明显的感觉），重度（暂时失去对飞行器控制的那种，头可能会撞到机舱顶），还有极端的（对飞行器有损坏的颠簸）。跟 Larry 飞就是遇到过几次重度的颠簸，但他也会教我如何从地形来看出风向。

而今天的目的地鹅湾的风可以瞬时达到 26 节，相当于 6 级风。这个风速对加拿大飞行员来说是家常便饭，对于我，相信经过了克利夫兰的训练，也可以胜任。

起飞之后直奔 Western Brook 峡湾。虽然之前从宣传册上看到过它的风景照片，但是真的自己飞过的时候，还是被震撼到了。今天风大，而峡湾容易引起螺旋气流，尤其是在低空或者峡湾的河面上，所以我没有飞得太低。今天也是听从了书老师的建议，第一次试用能把 GoPro 挂在飞机机外的连接装置，确实拍到了很多非常赞的素材。

鹅湾是非常让我激动的一个地方，我早就听说鹅湾是“二战”时期北美防空的重要前哨，是历史上美国在海外最大的空军基地，也是美国在海外最大的核武器库。

Western Brook 峡湾

Western Brook 峡湾

在飞的途中，也算是飞过了著名的冰山走廊。这条冰山走廊从北极和格陵兰开始，一直到纽约附近的北大西洋外海。每年春季开始，北冰洋融化的海冰和格陵兰万年冰川上推下来的冰山都会顺着洋流被带到这边。当年撞沉泰坦尼克号的冰山也是这样漂过来的。虽然现在已经是夏天了，但我们还是在海面上看到了冰山。

在鹅湾机场进近准备降落的时候突然遇到一阵目视可见的大雨，因为我感觉这片雨云不大，所以对流应该不严重，因此没有申请绕飞。飞行就是这点特别爽，你根据学到的知识做一个决定，然后当时就能知道这个决定是否正确。如果是正确的决定，那真的会很爽。如果是错误的决定，死了也不疼。

Day 11

曾经装原子弹的武器库和鹅湾的水飞大佬

>>> 鹅湾

2019 年 7 月 18 日

我之前跟纽芬兰和拉布拉多省（这是一个省）旅游局的负责人通过邮件，他们建议我来鹅湾找一个叫 Jim Burton 的人，据说他是鹅湾唯一一个运营旅游公司的人。于是，我之前就给 Jim 写了邮件，告诉他我们今天一天都在鹅湾玩，而 Jim 告诉我他下午飞回鹅湾，之后就过来找我们。

鹅湾是我们对于北极地区乡镇的初体验。加拿大的北极地区没有特别大的城市，几万人的城市就算相当大的规模了。这样的城市（乡镇）特点就是，一个城市只有一条主干道，所有的商业都集中在其两侧，所以基本一条街就可以完成购物、吃饭、住宿一条龙。

鹅湾还算北极地区一个比较大的城市，它的主干道我们花了一个小时才走完（反话）。在这条街上的所有商店我们基本都进去看了一

鹅湾的主干道

眼，还真有些收获。首先是一个加油站，这里有卖各种油桶的。北极地区地广人稀，加油没有那么发达，再加上自家的发电机热水器等很多东西都有可能要用到汽油，所以散装汽油和油桶在这里都很常见，谁的车后备厢里可能都有个油桶。这儿的油桶一般都是5加仑一桶，也就是大约20升航空汽油（AVGAS），也就是我那种飞机用的汽油。如果是小车，20升汽油可以跑将近300公里，而我那飞机，20升汽油在最节省的情况下也只能够我飞半个小时，也就是140公里左右。但我算了一笔账，因为我知道之后在北极地区加油首先很贵，其次是必须按照一大油桶那样买，也就是最少一次买45加仑，万一到时候用不了，剩下的油也带不走，人家不但不退钱，还需要收我油品处理费用，因为他们需要再把油处理掉。这样的话，一个5加仑油桶只有十几加币，只要装满一次就值了，所以我毫不犹豫地买了一个。

商店之一

后来很后悔没再多买几个。

买这个油箱的那一刻，我就在脑子里做了个跟油箱有关的紧急情况检查单。首先是要防火，但飞机上灭火设备有限，我们有个防火毯，就准备只要油桶里有油的时候，毯子就放在自己手边，方便取用。其次就是遇到空中发生气压变化导致漏油的情况，这时必须要重新盖紧盖子，另外最重要的就是通风，飞机要减速、开窗，这样一来不会形成爆炸浓度的油气混合物，二来也不会让飞行员中毒。

军品二手店里的纪念品

Jim 的飞行观光公司

曾经的核武器库

让我惊喜的是，鹅湾竟然有个特别大的军品二手店，这里卖的都是“二战”后期美国驻扎在此地的时候使用的一些东西。有空军的弹射座椅，有没爆炸的炸弹，还有美军士兵寂寞的时候会看的那种都是照片的书，里面有的页还粘在了一起，也不知道是怎么回事。

我在这儿买了一副皮护膝，军用的，用的皮子特别好。我爸的膝盖到冬天比较容易怕冷。

我们吃午饭的时候，Jim 来了。城市小的好处显现出来了，他从机场落地到我们这儿开车不到 10 分钟。坐下来寒暄了一下，Jim 问我们是怎么过来的。我说是开飞机从美国过来的。他愣了一下问我什么机型，我说是 Bonanza P35。他说，V-tail？

这一下我就知道他也懂，再一问，原来他所谓的旅游公司是当地最大的水上飞机运输公司，偶尔也做做空中观光，主要业务是运输、救援。这也太硬核了。而我，也有 8 个小时的水飞时间，差一点就考下来水飞的执照，所以也算是微微懂一点。飞行员见飞行员，总是有好多要聊的，唯一遗憾的是，我俩之前都以为今天下午不会再飞了，所以刚开始聊的时候就喝了酒，要不我肯定去飞飞他的水上飞机。

明天我们要横跨 1 个小时的时区，飞行 680 海里，而且这是我最没有备降点的一段航路。目的地机场深入魁北克无人区，就连这个机场也属于一个狩猎区私有。土跑道，遍布小石头子，不过这里有油，其他地方连机场都没有，更别说油了。

我不太喜欢这种感觉，因为基本没有备降场地，没有精密进近程序，跑道连标志标线都没有，而且天气也有些变数。所以，我不断地跟 Jim 请教，毕竟他在北极地区有 20 多年的飞行经验。我们俩一起研究了明天的气象图，不是非常乐观，但是他跟我说如果飞过了这个低压区之后应该会好一点。低压往往伴随着不好的天气，比如雷雨、低能见度等。

今天的亮点在傍晚。Jim 问我们想不想去美军当时的核武器库。我能不想吗，但那么轻易就能去吗？

还真能。他认识路，而且这里因为废弃几十年，所以连围栏都没有，甚至在这里还见到了过来慢跑的人。这里有一大片地堡，是按照美国标准设计的地堡，很多好莱坞电影里都出现过这个，比如《复仇者联盟 4》，里面钢铁侠和美国队长回到过去之后见到钢铁侠父亲的那一段戏，里面的地堡，就跟这个一模一样。

就是这个不起眼的 1095 号地堡，当时有 12 颗原子弹储存在这里。

Day 12

登上 DC-3，最刺激的一次降落和家人接到的最刺激的电话

>>> 鹅湾—北极星湖

2019 年 7 月 19 日

早晨睡了个懒觉，然后准备离开这里。

鹅湾上午天气非常好，让我也对今天的飞行有了更多信心。我们打车到了机场，路上还经过了一些废弃的美军宿舍。

到了航站楼，我忽然发现门口停了一排战斗机和导弹。我放下行李，又自己走了出来，拍了几张照片。

就像我说的，鹅湾曾经是对北美非常重要的一个军事基地。在“二战”后期，雷达技术开始发展和普及。而那时候没有卫星，没有其他的技术，所以做洲际导弹的早期预警很难，像北美这种防空雷达也是只能一个雷达站挨着另一个雷达站。而鹅湾这里就是 Pinetree

鹅湾机场门口广场上的飞机

Line 早期预警系统的最东面的起始点。

回到停机坪，把东西往飞机上装。回头一看，发现身后不远处的机坪上停了一架我非常喜欢的“二战”期间传奇飞机 C-47，也叫 DC-3。它在中国是两航起义用的飞机，在西方这是诺曼底登陆的时候空降伞兵的飞机。作为同在停机坪上的飞机拥有人，虽然他的飞机能买几十架我的飞机，但是我还是可以厚着脸皮，很自信地过去跟人家搭讪。他们也在装机准备起飞，我过去聊了一会儿，发现他们真是有钱任性的那种美国金领，业余爱好是开航空博物馆。这次是从欧洲

以前的防空雷达

DC-3

刚飞回来，在鹅湾停顿加油。去欧洲的原因就因为朋友的 DC-3 一个轮胎坏了，美国没有合适的，所以去柏林拉了一个新的回来。而机主的一堆朋友就搭着这个飞机，顺便去了一趟欧洲。

其实去欧洲倒不新鲜，但是这段航路特别美，从加拿大鹅湾出去就是格陵兰，横穿格陵兰之后到冰岛，冰岛飞出来还能路过法罗群岛，然后到欧洲大陆，这都是平时自己很难去到的地方。

机主很 Nice，让我们自己在飞机上玩了一会儿。我拍了拍照也就下来了，别过之后，我们回到自己的小飞机上准备起飞。那种感觉

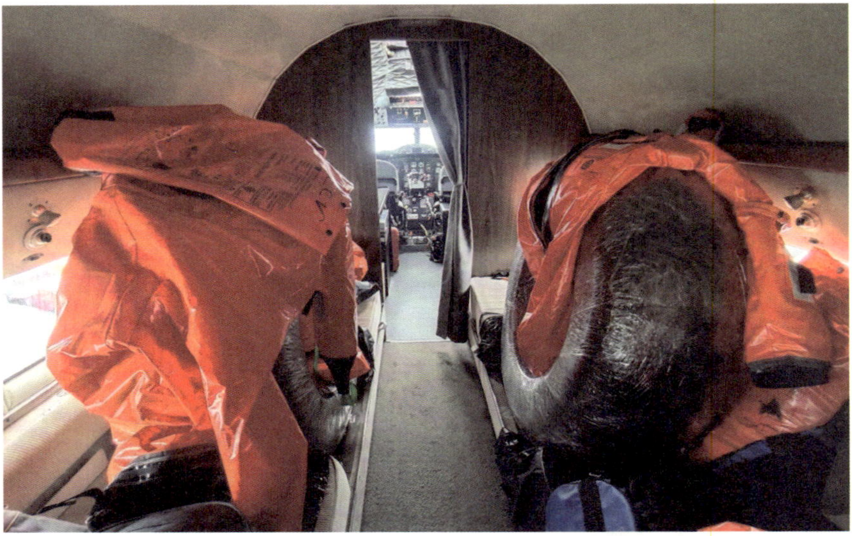

刚从柏林带回来的轮胎

DC–3

DC–3 的驾驶舱（仔细看可以看到我的飞机）

就是，刚从劳斯莱斯上下来，回到自己的小吉普上。

之后有个有意思的小插曲就是，我们申请滑行准备上跑道之前，塔台弱弱地问我们，你们需要多长的跑道？我说4000尺应该够了，毕竟温度比较低。温度低飞机性能就比较好，起飞距离就短。塔台说，那你们能不能下一个滑行道右转准备上跑道，跑道剩余长度应该是5000尺，我说行。塔台的意思就是不让我们用全部的跑道，让我们提前一个滑行道口进入跑道。塔台跟我们解释原因，是因为你们后面滑行的DC-3，他们看不见你们。确实也是，因为他们是后三点的飞机，在滑行的时候前方视线不好。

今天飞北极星湖机场，是一个不但没有塔台，无人值守，甚至连镇子都没有的机场。但是有个狩猎区前哨所，机场里也有航油。航程680海里，顶风，预计用时5小时50分钟。

今天要飞的地方很特殊，周围没有备降点，在这种情况下，我需要考虑一个叫作“Point of No Return”的概念。也就是在一条从A到B的航路上，在某一个点就要做出决策，是继续往前还是回头，因为没有一个C点可以让我降落。所以，过了这个点就只能前进，因为再回头的话燃油就不够了。

我们一路飞行。在起飞后不久，天气就开始慢慢没有那么好了。这个是在我意料之中的，因为我们正在通过昨天提到的那个低压里面。虽然低空都是云，但也没有看到什么太明显的强对流天气。而在过Point of No Return这个点的时候，天气是不好不坏的，这时候是我需要做决定继续前进还是返回的时候。根据我看的天气图，我判断这就是我遇到的低压的边界了，再往前天气应该会好。可结果却是越往前天气越差，到最后连500米的能见度都很难保证了。又经过了一个多小时的飞行，快到目的地的时候，我开始降低高度。我深知我对地形没有那么熟，我的策略是要先降低高度到云下，这样能跟地形一直保持目视接触，换句话说就是能看得清地面。

航图上有比较明确的周围海拔最高点的标注，但是因为我没办法获得确定的场压，也就是我在的这个低压区的修正海压，所以我的高度表是不准确的，我只能用GPS高度（在这种情况下相对更准确一些，但按理说不应该用 GPS 高度做参考）。而最保险的是目视估算，也就是说，因为我在的位置 GPS 是准确的，然后看航图这里的海拔就可以知道，之后再看前面的航路在航图上有没有海拔上的升高。在快接近跑道的时候，我还特意把跑道放在我窗子这边，这样更便于我能找到。

穿云之后空中下着大雨，能见度非常不好。而我要找的真是一条土路而已，没有任何标志标线。不过因为比较准确的 GPS 定位，我看到了这条土路跑道！伴随着大雨和大风，我做了一个比较急的转弯（为了保持能一直看到它，否则我怕往前飞太远回来又看不见跑道了），在最后降落的时候失速警报提前响了两次（就是因为风乱）。

安全降落后，我长舒一口气。我在学飞的时候，航校的学员休息室墙上就挂了这么一句话：牛 × 的飞行员，需要靠牛 × 的判断力，尽量去避免那些需要靠牛 × 的技术去解决的情况。其实飞行圈子里并不推崇这样刺激的降落，相反，这甚至是我难以启齿的一段经历，因为我真的应该在鹅湾再等一天再起飞。如果让我再做一次选择，我一定会等。

但这一天的刺激并没有到此结束。然而此时天真的我竟然还在飞机附近各种摆拍。

下飞机拿行李的时候，我总听到有什么东西响。这个响声就好像我们小时候玩俄罗斯方块游戏的声音（但不是音乐，是音效），短暂，持续。我问书老师，你听到什么了吗？他说没有。我的听力是我的一个特长，但这个特长给我带来了好多痛苦，比如睡觉的时候特别容易被吵醒。可那时候我也没多想。

我从飞机的对讲里联系了哨所，他们派车过来接我们过去住宿。这边属于魁北克省的北部，所以英语成了第二语言，而我的法语简直是差到单词都不记得的程度，沟通还是有些许问题。我想用翻译软件，无奈这里的手机也是没有网，手机信号都没有。到了哨所，住下了，据说是有 Wi-Fi，我连上了 Wi-Fi，但是也没有网。然后我去书老师屋让他帮忙弄一下今天拍摄的影像资料。

到了他的房间，安静的空间内，我又听见了刚才的那个声音。我说肯定是有声儿，咱们找找是什么东西发出来的。找到了。是我们走的时候，朋友塞给我的一个救援用的设备。它的优点是可以在没有任何手机信号的地方通过 GPS 卫星发邮件跟家人和朋友联系，而且也有个一键救援的功能。

这个设备发出的声音，就是这个一键救援被启动了。我不知道启动了多久，但屏幕上显示的是救援已经确认，正在赶来。我脑子里一下闪过了 6—7 位数加币的救援账单，当时心里一惊，马上冲出房间，来到空地上（GPS 信号好），然后尝试取消这个救援。

安全落地之后的自拍

这是我印象里生命中过得最慢的 2 分钟。最后，仪器上显示取消成功。

天真的我以为今天的刺激就算结束了。书老师把视频和照片拷贝到移动硬盘上，我也没啥事，想着给家里打打电话什么的。这个哨所有一个插 IC 卡的公用电话。我来到哨所的办公室，买了一张 IC 卡。

可能是因为在哨所办公室，这里距离路由器最近，所以我的手机突然有了反应，收到了两条微信，是我媳妇发给我的。

“你在哪呢？还好吗？”

“刚才国际救援中心给我打电话了，说联系不上你了，收到给我回个电话吧。”

当时我拿到这个救援设备的时候，确实认真去注册了一下，我把我的信息和我紧急联系人的信息都写得很清楚，所以他们是有我媳妇电话的。

我赶紧冲向 IC 卡电话亭，拨通了她的手机。

我：“喂，我收到你的微信了，但这边网不好，也没办法给你回，刚才是有人给你打电话了？”

历经风雨的座驾

我媳妇："嗯，凌晨两点多的时候有个美国来的电话，我还以为是我这边工作的事，接起来对方说是什么国际救援中心，知道我是中国人还有个第三方电话接进来，是个翻译，然后他们就问我知不知道你在哪，在干什么，问了你的穿着，体貌特征，血型，药物过敏，反正问得挺细的。"

我："那你是不是吓坏了？"

我媳妇说："挂了电话都凌晨三点了，我自己坐了一会儿，想着如果你要真有事我连加拿大签证都没有，还得办好多其他事。我想了一小会儿，觉得什么事都得早晨以后才能处理，所以我就继续睡了。睡了一会儿他们那边又来电话，说取消搜索了，说这个肯定是你那边手动取消的，所以知道你没事了。"

我："你跟你妈说了吗？（她妈这些天住我们家）"

我媳妇："没啊。"

她不但没有怪我，而且还没有一丝丝慌乱，甚至时至今日都再没有提起过这件事，就好像是我忘了拿快递，或者是出门忘了关灯一样的小事。我这媳妇真是，格局太大了，太脱俗了。

Day 13

北极熊和白鲸，我来啦！

>>> 北极星湖—吉勒姆机场—丘吉尔

2019 年 7 月 20 日

今天是要赶路的一天，也是整个航程当中飞得最远的一段行程。早起加满油之后，要先穿过哈德逊湾前往曼尼托巴省的吉勒姆 Gilliam，这是距离今天的目的地最近的一个有航空汽油的机场（AVGAS)。从这开始就是一直往北飞了，而油将成为比较大的问题。我们要降落的丘吉尔机场没有我飞机用的油，所以需要在这儿技术经停一下，加满油再去丘吉尔机场。

我们昨天住的这个狩猎场哨所是一大家子讲法语的加拿大人来运管的。他家的孩子从昨天开始就对我的 V 字尾飞机感兴趣。早餐的时候他们妈妈过来用不熟练的英语问我们，说他们的孩子想送我们走，问我们什么时候走，我说吃完就走，心里还暗爽了一下，毕竟他们应该经常见小飞机，但肯定没见过我这样的。

北极星湖哨所前台

跟北极星湖的小朋友们合影

那我就是这魁北克小村子口最靓的仔了。

天气还是不太好，但已经比昨天好多了。飞这一路比我想象得快。

因为基本没有管制，我们又飞的目视规则，所以基本没人理我们，或者说飞机上的 Radio 特别安静。幸好我的耳机有蓝牙功能，我可以把手机连到我的耳机上。而且这个耳机为了符合适航标准，还有个功能，就是如果有机上通话进来的时候，它会自动屏蔽手机的蓝牙传进来的音乐，方便我直接跟塔台什么的沟通。就这样，郭德纲陪了我一路。

一路上风景极好，也是在这段长时间的飞行当中，我根据地标和航图，计算出了我们空中的能见度，70 公里。也就是左右各有 70 公

飞越哈德逊湾的点点浮冰

北极开始变得一马平川

70 公里的能见度

哈德逊湾

里的视线，加起来是 140 公里。我们也在空中看到了哈德逊湾上星星点点的浮冰，看到了下雨，看到了彩虹。

在北极最让我记忆深刻的活物就是蚊子。它们过着无忧无虑的生活，很团结，却又很谦让。只要身上有暴露着的皮肤，它们就会成群结队地落在那里，但一次也就落个十几只，还有几万只在空中，很谦让，很佛系地盘旋着。这里的蚊子也有着坚韧的性格，它们都不怕冷。落在皮肤上的一只只蚊子，就好像清晨的露水滴在身上，有一种很清爽的感觉。我之前从来没有跟蚊子合过影，但在北极这很容易。

跟蚊子合影

落地丘吉尔国际机场

丘吉尔机场的小航站楼

书老师跟北极熊皮谈笑风生

因为你只要不戴手套拿出手机，把自己放在镜头里，自然会有成百上千只的蚊子过来，准会有几只正好在相机的焦距内。

给我飞机加油的大叔不怎么爱说话，但有两个细节我记住了。一是他往我飞机后面看了一眼，二是我们准备走的时候我签了信用卡授权书，他说了一句：Be safe。

我第二天才知道他是什么意思。

从吉勒姆机场起飞之后其实如果拼命飞的话40分钟就能到丘吉尔机场。我为了省油，再加上风景确实太美了，我选择了慢慢飞，1个小时才到。丘吉尔机场对我来说是有点特殊意义的。我第一份工作是在旅行社上班，当时做得比较早的一个项目就是去北极看北极熊。看北极熊去丘吉尔是非常常规的一个选择，而且每年只有夏季和秋季短短的几个月时间能看到北极熊，当时这个团为了找合适的机票是焦头烂额的，最后的结果也不算很好。我印象里，丘吉尔就是一个非常难到达的地方。这下自己来了，不用担心机票的事了。

落地之后停好飞机，带着兴奋的心情，坐上了酒店派来的车。

丘吉尔的有趣之处其实都跟动物有关。这是一个全镇都不锁车的地方，就因为有北极熊随时出没的可能。如果一旦遇到，你可以马上钻进别人的车里躲避。同理，很多餐厅、旅店都不锁大门。

书老师凭借着壮硕的身体，跟北极熊皮谈笑风生。

番外篇　北极的犯罪嫌疑人

很多加拿大人都不知道吉勒姆这个地方。就在2019年7月19日的时候，也就是我们抵达吉勒姆的前一天，加拿大发生了一个举国震惊的连环杀人案。两个刚刚年满18岁的年轻人用枪杀害了3个路人，并且逃离，就在这附近。

他们的逃亡路线是“有趣”的。因为俩人就是孩子，不是专业杀手，所以他们会留下蛛丝马迹，但俩人也算不傻，所以真的是逃亡了三周左右，到最后也没被抓住，留下了自杀后的尸体。

所以，在他们逃亡的这段时间，加拿大的社交媒体都火爆了。脸书上甚至有专门的讨论组去探讨他们下一步的逃亡线路，甚至还有很多无聊的人在不停地嘲讽加拿大皇家警察的无能，更有甚者在为犯罪嫌疑人加油，鼓励他们继续冲破警方封锁。

7月20日晚上，我们落地丘吉尔之后，我本来是心情大好，因为到了丘吉尔算是我们北极之行正式开始，从这里就一路往北飞了。晚上跟书老师去超市买了点啤酒和方便面，准备开开心心喝上一顿。就在煮面的时候，从电视里看到了这则新闻，而新闻中警方推测这两个杀人嫌疑犯可能前往丘吉尔，所以要求丘吉尔的市民看到有情况要上报。

说起来也是好笑，我发挥了飞行员思维缜密的优势，还真跟书老师制定了如果遇到这两个人我们应该怎么办。

我们想，如果他们聪明，他们有很大概率会选择我们。首先我们一看就不是当地人，一看就是游客，人生地不熟。在他们看来，我们可能英语都不会说。而他们的诉求，应该无非就是两种——第一，有个地方住（因为北极地区户外的生存条件实在是太差，不说别的，睡一晚上蚊子就能咬死人）；第二，我们有飞机，如果他们劫机，我们可以把他们送出包围圈。

想到这，我很壮烈地跟书老师说，我说咱再怎么着，也不能真的被他们用枪劫持之后帮助他们。就算是跟他们硬拼，死了，也不能帮他们逃走。如果真帮他们逃走了，中国人以后在加拿大就没法待了，而且就因为咱俩。这肯定不行。

书老师也同意我的说法。

然后我们就开始制定各种情况的预案。首先最有可能的就是被他们用枪劫持，无论提什么要求，我们都假装顺从。这就是一个理念，就是他们本身也很累了，他们选择劫持我们就是觉得我们好欺负，所以我们上来要假装害怕和顺从，等到他们放松警惕再去一对一夺枪。我们推断他们不敢让我们分开，比如只劫持我们其中一个人，然后去要挟另一个人办事（比如买吃的），如果真这样那另一个人一定要去报警。

然后就是涉及劫机的预案。我说我们一定要真飞起来，因为这俩人肯定是不让我用无线电的，飞起来高度高了，我用应答机才能发7500这个代码，附近的雷达站才能接收到。7500是劫机通用代码。

一架美国来的小飞机，在丘吉尔这个位置，用被劫持的代码起飞，之后又没有任何沟通，再加上昨天降落的时候我跟塔台沟通得很好。这些条件都加上，我相信加拿大皇家警察可以明白是怎么回事了。

然后我就要转向回到丘吉尔机场，因为加拿大皇家警察在这附近部署的兵力比较多。但怎么能掉头回去呢？我准备用的借口是说油里有水，我要落地去清理一下，大概30分钟就能搞定。这本来是起飞之前要做的检查，我不做就是了。雷达能看到我飞回丘吉尔机场，这就够了。而这架飞机也是我自己的，所以我比较熟，我知道怎么能把发动机弄出怪音，就好像发动机出问题一样。

最后，我俩都是抱着“宁丢命、不丢人”的态度，干了最后一瓶啤酒。

Day 14

与白鲸的亲密接触

>>> 丘吉尔

2019 年 7 月 21 日

说实话，丘吉尔这住的真是不错。我们住了个 loft，空间大，还可以自己做饭，一天不到 1000 元人民币。在整个北极飞行当中，这就算是比较便宜的住宿了。

上午算是休息了一下，毕竟这已经是出来飞的第二个周末了，下午我安排了去哈德逊湾参加皮划艇观看白鲸的活动。

我们为了深度体验丘吉尔，还是选择了从酒店走到港口，大概有个 5 公里。这一路上都是紧贴着各种建筑走。我们生怕在开阔地带碰到北极熊，那我们真跑不过它。书老师特别够哥们儿，跟我说跑不过熊没关系，他只要跑得过我就行。我想了想也有些许道理。

坐皮划艇去看白鲸真是个又便宜又有趣的体验。导游非常有经

在哈德逊湾里划皮划艇

验，下水之前先教了我们如果皮划艇翻了怎么划才能正过来，然后又告诉我们一个诀窍，如果真的想清楚地看到白鲸，皮划艇应该倒着划。因为白鲸是一种非常聪明的动物，它们在水下的能力非常强，说白了，就是我们的皮划艇入水的时候它们就能感觉到，因为它们的声呐系统特别强。白鲸又是特别高贵的一种动物，它们不会像海豚那样在你的船头往外跳跟你互动，而是喜欢跟着船屁股后面走。

于是我们就这么做了。白鲸真是神出鬼没的一群动物。有时候上来换气我们能看到，但划过去它们就消失得无影无踪。有时候我们放弃了，漫无目的地慢慢划，它们又成群结队地出现了。

走的时候，导游特别友好地问我们晚上去不去酒吧喝酒，说晚上

近处不时有成群结队的白鲸出现

有活动，酒和活动都是我比较喜欢的，于是我们就去了。这个酒吧非常大，里面能容纳 100 多人，感觉今天全镇的人都来了。他们说的活动就是 Quiz，有人出题，大家答题。Quiz 这种东西没有文化背景是很难答对的。但竟然有几道题是问国家首都的，我竟然还能抢答上。老外走过来说 Asians’re smart。

That’s good enough for me.

Day 15

70 年前的飞机残骸和北极熊!

>>> 丘吉尔

2019 年 7 月 22 日

丘吉尔是个很美很有趣的小镇。

每年花期都只有短短的几周，但这里还是有很多人愿意养花。

昨天因为皮划艇看白鲸的体验非常好，所以就报名了今天的北极熊 hunting。这个 hunting 不是打猎，而是寻找的意思。其实就是在一个越野中巴车里，导游带着大家在丘吉尔郊区逛。

丘吉尔也是北美防空体系当中重要的一个基地。我之前说的鹅湾是东边的开始，在中部就是丘吉尔。这边还有很多有关北极熊和有关极地的研究机构。

早晨 2 点多天就亮了，很高兴的是我 9 点多才醒，参加 10 点半的 tour 正好。我们住的地方溜达到主街上，也就是我们集合的地方，也就 2 分钟。

10 点 15 分的时候，书老师说准备出门啊。我鸡贼了一下，我说我过 10 分钟再出门，我卡着点儿。

他就出去了。过了两分钟又回来了。

他说他招了 600 多只蚊子。

我笑了。

我来北极之前听高人传授经验，说这儿的蚊子很毒。所以我特意网购了防蚊头网。现在觉得是特别值的一个投入。

10 点 29 分，我俩再次从酒店出去，十点半准时抵达集合地。因为我们没有用走的，而是跑的。

车上除了我们，还有一对老夫妇和一对年轻夫妇，都是加拿大来的。这个旅游公司一共同时运营 7—8 辆我们这样的车，每辆车都在丘吉尔不同的地方，不同的方位。这样，只要有一辆车看到北极熊，就会通知其他车过来汇合，毕竟现在不是北极熊聚集在这里的时期，秋天才是。

Miss Piggy 飞机残骸

我们首先来到丘吉尔机场北部，一个对于飞行员来说很有趣的地方——Miss Piggy 飞机残骸。这是 1979 年 11 月 13 日的时候，一架从丘吉尔机场起飞之后就遇到发动机问题的 C-46 运输机的残骸。他们当时尝试返航，但没有成功。好在虽然机毁，但是三个飞行员都是轻伤。

导游兼司机师傅并不了解这个飞机的具体情况，但从我看到的来说，飞机的襟翼是伸出的状态，这就说明了当时飞行员是准备在这里迫降的。这里地面并不平整，但是飞行员却成功把飞机落在这里，说明技术还是很好的。

北极熊监狱

实际上，有很多飞友是喜欢收集飞机蒙皮的。飞机蒙皮也会被做成一些纪念品，比如钥匙链、行李牌等。这架飞机的蒙皮其实挺好弄到的，有太多没有固定住的蒙皮，其实扭动几下应该就能拧断。但我想起了之前在 Tablelands 捡到的地幔，我觉得如果真这么做了，那什么时候是个头呢？我看到伦敦塔里的皇家珠宝展是不是也要弄一点钻石回来呢，于是我就遏制住了这个欲望，并没有下手。

在这逛了一会儿，导游兼司机就让我们上车准备去往下一个地方。大家都很听话，没有人磨蹭，不光是因为可能大家素质都很高，也可能因为导游兼司机其实还兼保镖，身上带着一把很酷的猎枪。其实是为了驱赶北极熊用的，枪会发出很大的响声，但是杀伤力并不大。

之后我们去到了世界上唯一一个北极熊监狱。就像我说的，丘吉尔偶尔会有熊来到镇上，尤其是到餐厅的后厨去翻垃圾吃。如果这样的情况发生，那么不需要警

我们看到的一只北极熊

告，北极熊监狱的大门就为它敞开了。

来到镇上的北极熊会被麻醉，催眠。之后运到这个监狱当中。在这里，一个刑期是 30 天。跟很多人想的不一样的是，在这 30 天之内，只给熊喝水，并不给熊吃任何东西。我很好奇，问导游兼司机兼保镖，这是为什么。他说，就是怕让熊觉得这儿能吃到东西。因为北极的夏季，北极熊本来就是没办法捕猎的。没有浮冰，周围的景色也都不是白色，它们本身白色的皮毛就失去了伪装色的作用，它们也没办法悄悄接近自己的猎物。所以说，夏季本身它们就吃不到东西，那么为了让它们讨厌这个地方，就更不能给它们喂食。

被关押的北极熊刑满释放之后，会通过陆上运输，甚至是直升机运输到哈德逊河的北边。因为在夏季北极熊没有吃的，所以它们一般不会耗费大量体力去过河，这样丘吉尔也就不会受到威胁了。

之后，我们又去了丘吉尔的北极研究中心，路过了丘吉尔的军事雷达站。就在导游兼司机兼保镖兼军事专家刚要跟我们讲军事雷达站的故事的时候，他的对讲机中传来了同僚的声音，有人看到北极熊了！

就这样，在征求大家同意之后，我们不看军事雷达站了，我们的导游兼司机兼保镖兼军事专家兼拉力赛车手开着这辆中巴很快就赶到了发现北极熊的地方。我也是因为他的技术，才赶在这只北极熊要下水游走之前，拍下了这样一张难得的照片。

Day 16

当了一天小镇居民

>>> 丘吉尔

2019 年 7 月 23 日

今天是临时加的。

本来是计划今天就飞走到下一站的。但我太喜欢丘吉尔了。我跟书老师商量了一下，我们准备在这里多待两天再走。这就是私人飞机飞行的好处，不需要考虑太多别的，行程规划自己做主。

在北极地区随处可见的因努伊特石堆

书老师每天的着装差别都很大。今天他就穿了个短袖出门。倒不是说丘吉尔有多冷有

穿短袖与北极谈笑风生的书老师

丘吉尔的很多建筑上面都有美丽的画作

老教堂门口的窗花

小心北极熊的牌子

多热，这边白天气温最高能到 20 摄氏度。但我觉得他穿短袖缺乏了对北极最起码的尊重。

丘吉尔小镇上的居民活动中心深深震撼到了我。这个不足 1000 人的小镇（2016 年人口普查，丘吉尔常住居民有 899 人），竟然有个上万平方米的室内活动中心，里面有小孩的游乐场，有博物馆，有会议室，有篮球场，有冰球场，有电影院……

海边的风特别大，但是吹得很舒服。我们发现风大的地方蚊子也不太聚集。

Day 17

极地探险家富兰克林和他的故事

>>> **丘吉尔**

2019 年 7 月 24 日

Hudson's Bay Company 是一个在我看来跟东印度公司类似级别的公司，它在北极这边近四百年的历史中参与了很多历史事件。别的不赘述，这公司第一任总督是巴伐利亚公爵、第一代坎伯兰公爵、普法尔茨的鲁普雷希特亲王。第二任总督是约克公爵詹姆斯，他离开公司是因为要当英国国王，后被称作詹姆斯二世。

HBC 现在在北极圈内影响力很大，我们在丘吉尔和之后去的那些几百人的小村中都有 HBC 运营的超市。从他们运营的超市当中买一点吃的，感觉走进了历史的一部分。

当时 HBC 的主要运输路线，就是在哈德逊湾周围用船运，而跟因纽特人买来的动物皮草就要都运到丘吉尔这里，然后改用火车运到曼尼托巴首府——温尼伯。这条铁路现在当然不运货了，主要运

丘吉尔历史悠久的火车站

游客，也马上就要迎来 100 周年纪念了。我特意去火车站看了一眼，买了一些明信片和纪念品。

丘吉尔镇上也不乏浪漫的地方。这个不起眼的小教堂在 2017 年刚庆祝了自己 125 周年的生日。推门进去，看着这么精致的一个空间，竟然还发现了我特别喜欢的一段历史——有关约翰·富兰克林的。

约翰·富兰克林是英国一名海军高级军官。1845 年的富兰克林

火车站里的北极熊标本和看见北极熊就上头的书老师

刚过完 125 岁生日的小教堂

背负着英国整个国家的期待，希望能通过一次探险找到传说中的西北航道，给当时的海上霸主英国一条属于自己的、能够抵达亚洲的航线，而无须绕经非洲南部的好望角和南美大陆最南端的麦哲伦海峡。当时英国配给富兰克林的两艘船，一艘叫阴阳界，一艘叫恐怖，都是曾经的英国海军主力战舰，改装成了当时最先进的科考船。富兰克林带去的水手，也不是游戏《大航海时代》里那些从酒吧靠请客喝酒就能招募上来的闲人，而是正经英国皇家海军的军官和士兵。这一次，他带着举国希望，装备精良，准备充足，踏上了去寻找西北航道的路。

可却再也没有回来。

从出发之后，有关他们的消息就基本没有。没有人看见过他们，

教堂的窗花

也找不到他们任何一个人。两艘船的 129 个人，在之后的一百多年基本都没有任何消息。直到最近几十年，加拿大和英国等国家的科考队在大规模的科考之后，才断断续续地获得了当时这些人的消息。

他们死得很壮烈。在进入北极地区不久，富兰克林的船上就有人因为铅中毒而产生严重的幻觉，最后痛苦地死亡。祸不单行，他们的两艘船在冬天的时候被冰固定住，无法移动，导致随后水手们不得不弃船，顺着结了冰的北冰洋和一些零星的岛屿一路向南去逃生。而他们当时也没有能力沿途去打猎，所以也只能吃被铅污染过的罐头。年轻人总是最容易受到影响的，之后就是年纪比较大的，也慢慢因为健康恶化，导致行动力越来越差。就这样，一个团队就这么慢慢地消耗掉了，而根据最新的科考显示，其实在最后的阶段，尤其是富兰克林本人去世之后，团队也出现了人吃人的惨剧。

我在这个教堂，竟然发现了富兰克林的太太——Jane Franklin（简・富兰克林）送给这个教堂的一幅玻璃画，这在当时是非常用心而且价值连城的东西。送这幅画，就是 Jane 为了感谢那些帮助寻找她丈夫的人。她丈夫带着那么多人去探索西北航道，之后就杳无音信了。这也是英国和加拿大探险史上最大的谜团，因为没人知道为什么，他们就好像消失了。

而富兰克林率领的这两艘船，一艘在 2014 年，另一艘在 2016 年都在北极圈找到了，都沉到了 20 多米深的水下。这两艘船并

小教堂内部

没有被打捞出来，还在原地，Park Canada 禁止船只靠近了。不过它没有禁止飞机从空中飞过，于是我想试试飞过去从空中看看。

之后我们去到了附近的丘吉尔因纽特人博物馆。这个博物馆也就 100 多平方米，但展出了因纽特人很多有意思的艺术品。

在博物馆看上一本书，丘吉尔的编年史。因为比较贵，我就在那翻看。这时候过来个工作人员，老太太，就在那微笑着看我。我很不好意思，我以为人家这可能不让那么看书，毕竟不是书店更不是图书馆，于是我就买下了。买完了博物馆就午休了。

正在我往外走的时候，看到了墙上的照片。原来刚才那个老太太曾经接待过时任加拿大总理 Harper。原来刚才那个老太太就是我买的这本书的作者！

于是我就在门口等她出来，约她吃了个午饭。跟她一起的还有她的男性朋友，一位退休的主教，曾经是努纳武特教区的主教。因为这个区域实在太大了，400 万平方公里，快接近一半的中国了，所以这

涂鸦走廊

个主教也是世界上教区最大的主教（因为这个区域人口实在是少）。

其实这种时候我是不愿意为了留念而跟人家拍照的。我更愿意的是把精力放在跟人家聊点有意思的内容上。于是我们聊了她的书，她对于丘吉尔的热情，以及对待游客的看法等。

下午去到了一条叫作涂鸦走廊的地方。

这里有各种国家的文字，很多画作也非常精美。我再三跟不同的当地人确认这里可以涂鸦之后，也来到五金店买了喷涂的颜料，跟书老师一起留下了我们的记号。

Day 18

伴着白鲸一路低飞到北极圈的口岸手动加油

>>> 丘吉尔—兰津湾

2019 年 7 月 25 日

恋恋不舍地从丘吉尔起飞出发。因为这一路上油肯定够，而且到了兰津湾之后加油就用油桶了，也就是说要用满一桶的油，所以我决定一路低飞到兰津湾（低飞更费油）。

起飞之后我们先绕飞了哈德逊湾，跟那些白鲸打了个招呼。下页图中像蛆的小白点儿就是它们。北极的景色真是壮美啊，图中可以看到我的飞机的影子。

今天的航程一路向北。北极，我们来了！

这样的酒店是非常高端的，在野外，能亲密接触北极熊，还自带跑道。

一切都设定好，飞往北极

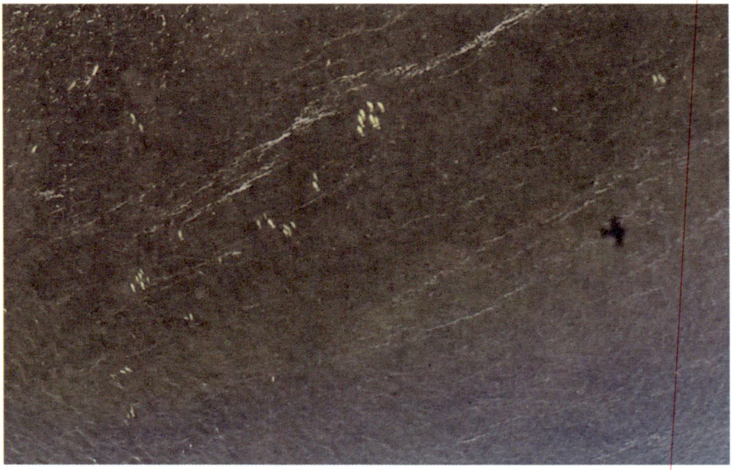

在空中和白鲸打招呼

兰津湾是一个重要的交通枢纽，是一个贴近北极圈的小镇，但这里并没有预备我飞机用的航空汽油。我们要加的航空汽油，是我提前

14 天从这边一个公司预定的。当时交了全款，然后对方提供把油送到我飞机旁边的服务。当时没觉得这个服务有什么用。

落地之后，滑行停机。然后就给那个公司打电话，但公司要我先过去办手续。好在兰津湾机场是一个不设防的机场（没有围栏），我顺着滑行道直接走到了附近机库的这家公司，在这签了字，办完了手续，领了我的一桶油。一个开叉车的小哥 BOB，是加拿大的菲律宾移民，他帮我们把油用叉车运到飞机旁边，卸了下来，然后就跟我们聊起来。

我哥们儿跟他聊天，我负责加油。刚打开这油桶，插入我自己网上买的油泵，刚打了两下，油泵就坏了。这下可完了，因为没有油泵我们加不了油。

我赶紧跟小哥求助。小哥说他们也没办法，但他又说好像这边有个机库里有，他好像见人家用过。于是我像好莱坞动作片明星一样，帅气地站在小哥的叉车外，让他带我到了机库。机库的人特别热情，他们也不经常用航空汽油的油泵，所以找半天才找到。

就这样，我们把油加好，之后叉车小哥特别善良，说他也要下班了，就开车送我们去酒店。晚上想约他吃个饭，他婉拒了。但是他说听了我们的故事很有趣，要在脸书上关注我们，并预祝我们环飞成功。

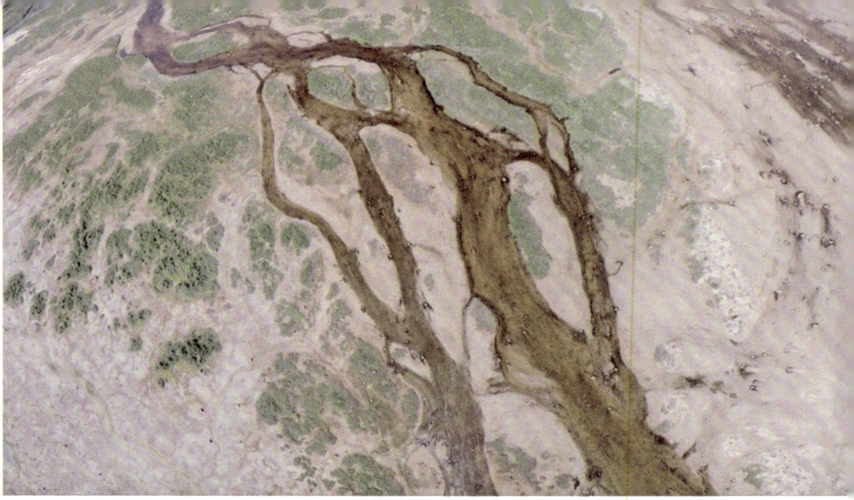

哈德逊湾的
壮美景色

Day 19

时间回到过去

>>> 兰津湾—霍亚天堂

2019 年 7 月 26 日

时间回到过去，来到 1845 年。英国海军高级官员约翰·富兰克林是一位以极地探险闻名的海军指挥官，曾经还当过澳洲塔斯马尼亚的总督。在退休之前，他的太太简·富兰克林用她在英国海军当中的影响力，让自己老公，也就是约翰·富兰克林领导了当时英国最重要的极地探险行动——探索西北航道。

就这样，富兰克林的船队有两艘英国海军新型战舰改装的科考船，他的手下也都是有经验的海军军官。他们的科考队装备精良，是历史上首次配备罐头牛肉的科考队，其中一艘船上甚至有个藏书 3000 册的图书馆。

这样的一个团队，没有造就极地史上最大的发现，却造就了极地探险史上最大的谜团。这个 129 人的庞大科考团队，就这么凭空消失

约翰·富兰克林

阴阳界号和恐怖号

了。最后一次有人见到他们，就是在 174 年前的今天，船队从苏格兰启航，前往格陵兰的途中。

对于富兰克林船队的考古发掘是在近几年才有些成效的。在 1986 年，加拿大科考队员在霍亚天堂北边几百公里的一个无人岛上发现了船队首先去世的三个水手，都非常年轻。通过对他们的尸检发现了这次探险失败的重要线索：他们每个人毛发中的铅含量都比正常人要高 300—500 倍。这些铅竟然来自他们带的牛肉罐头。

铅中毒死亡是非常可怕的一件事。人临死之前进入疯狂状态。加拿大公布了尸检的照片。照片非常震撼，因为他们被埋在了永久冻土里，所以尸体没有腐烂。

而我今天要降落的 Gjoa Haven 霍亚天堂，就是百年后加拿大探

黄宇杰手绘画作：富兰克林探险队弃船

险家找到富兰克林船队部分船员的地方。在这个不大不小的岛上，是他们探险队最后的痕迹之一，也是他们挣扎，甚至是丧失尊严的地方。在这里，富兰克林病逝后，队员经过几个冬天的折磨，最后没办法，出现了人吃人的惨剧。而这里发现的人骨，上面有刀切割过的痕迹，就是最好的证明。

今天也是我们飞进北极圈的第一天。在飞行过程中，飞机已经开始结冰。海面就像镜子一样。浮冰星星点点地漂在海面上。

真正的北极日记开始了。

Day 20

飞进北极圈、路遇人头骨、因纽特人家的晚餐

>>> 霍亚天堂

2019 年 7 月 27 日

我发现我之前在一个建筑论坛上认识的一个加拿大大哥，竟然是霍亚天堂的地头蛇。说是地头蛇，其实就是因为他在这个不足 600 人的小镇上，有一个做基建的公司，公司员工就 90 人。也就是说，这个岛上大部分成年的男人都是他公司的员工，而大部分人的家，回家的路，买东西的超市，都是他的公司做的基建。

所以我们这次住的招待所，自然也属于他的公司。这个岛上基本没有游客。招待所是给来干活的工人准备的。我们从他那里租了一辆 ATV（四驱越野摩托车），开始了岛上的游览。

岛上其实没什么景点，不过我特别问了有没有富兰克林时期的遗迹，大哥跟我说还真有，骑摩托一个小时左右就能到。

地广人稀的霍亚天堂

竟然能把越野车直接开到跑道上

“好，那我怎么去呢？”

“你就顺着这条路走到头，之后把车开下草地。我教你因纽特人的导航方法。这个地方现在的季节只吹西北风，你面对风走，往左偏一点点，走 20 分钟，之后看到一条河，河上有个小桥（就是用石头垫起来的能过河），你们不用走石头，直接开摩托过去，然后再往前走 20 分钟左右，有个人头骨。”

“OK。”

我之所以最后能到这，能找到这个人头骨，不是因为我学到了因纽特人的导航精髓，而是因为我确实能在远方一直看到我们机场旁边有个圆形的雷达站。我想着就算迷路了，我可以看着雷达站回来。但这一路是很刺激的，因为不是一直能看到它。

北极其实挺可怕的。在这生就是生，死就是死，有的时候就在一线间，但没有大自然来怜悯你。在这看到了很多动物的遗骸，也看到了那个人的头骨。因纽特人对于人的遗骸是非常忌讳的，但自己人除外。他们自己人如果死去了，还是会很认真地埋葬。这个头骨据说是欧洲白人的，所以这么多年了，他们都躲着走，就一直在这放着，而且是露天的。这点也让我很吃惊。

人头骨

机场旁边的雷达站

在这生就是生，死就是死

未名湖畔

晚上准备还 ATV 的时候，大哥问我们想不想去因纽特人家里做客，吃顿饭，我说我当然想去。大哥说，我给你安排一下我下属，他们家最近有很多鱼，叫作 Arctic Char，红点鲑是三文鱼的近亲，可以生吃（他们也只生吃）。我说好。

大哥又说，本来 ATV 是 200 加币一天，但如果我们去他下属家，这个钱就不用给了，然后给他下属 100 加币就行，也算是一点收入。我算了一下，他这么做真的是让我们三个人——我，他，还有他下属，三方都成了赢家。这真是会做人。

Gjoa Haven 港湾

去到他下属家的时候，他又是跟我那么指路的，这次我差一点就找不到了。

到了之后 John 让他的大儿子带我们去捞鱼。我得解释一下这鱼是怎么捞的。他家后身有条河，河宽也就 10 米左右，清澈见底但是物产丰富。于是，人家捞鱼也捞得很佛系，直接在两岸两边各自拴一张网。我知道这么形容可能很难懂，但如果你想象一下网球场的那个球网，基本就是一模一样的安装模式。这真的很佛系，这样安装的网，只能抓住个头大的，而且奋力挣扎把自己捆住的鱼，其他的鱼就能自由地游过不受限制。

这个船在河上，其实还没一般的公园里划船过瘾呢，但因为是夕阳西下（晚上 10 点左右），景色真是很美。如果这时候手里有一杯热茶就更好了。

鱼捞上来之后，John 就帮我们处理。主要是切掉头和尾，拿掉内脏。之后新鲜的可以直接生吃。

吃不完的就挂起来，风干，之后留到冬天作为那时候的食物补给。

John 这一家子因纽特人得有七八个小孩，还是挺厉害的。鱼也是真香。John 跟我聊得挺好，在我们准备走的时候，他问我是不是

大儿子划船带我们去捞鱼

John 在帮我们处理鱼

吃不完的就挂起来晾干了

一大家子人在一起

北极的夜景

明天飞走。我说是。他问我几点？我说应该十点到机场，十点半起飞。John 说，那行，那明天早晨我去送你们。

John 没有车。我在骑摩托回程的路上就想，这段路他要是走得走 5 个小时吧。太远了。可能人家就是客套一下。

在北极，这叫夜景，真美啊。

Day 21

靠谱的因纽特人、开飞机跟海冰合影

>>> 霍亚天堂—剑桥湾

2019年7月28日

因纽特人从不说谎。这个说谎包括骗人，也包括说出去的话做不到。

我去北极之前就听说过这一点，但我还不太信。据说是因为因纽特人的生存环境极其恶劣，所以文化和语言表达当中非常忌讳任何的不准确。假如我是因纽特人，我想教我的孩子冬天出去打猎，我会说你拖着雪橇带着补给往北走，走三天，能看到一座山，贴着山边有没被冻住的土地，那附近就有水可以喝，还可以钓鱼。之后绕过山再往北走，走两天，就能到海豹聚集的地方了，就可以打猎了。

假如我是个不靠谱的父亲。说走三天，其实应该走四天，说往北，其实应该往东北，那我老王家就绝后了啊。我只是举个例子，还不一定很恰当，但这其实也能说明他们的文化，之所以能够世代传

黄宇杰手绘画作

John 来送我们走

承下来，就是因为这语言和理念当中非常坚定地贯彻着“准确”这个理念。

所以，今天早晨，我们还是10点到了机场，开始往飞机上装行李，检查飞机。飞机是需要仔细检查的，因为这机场真的没有护栏。我钻到飞机下面去看起落架，躺在地上，忽然看见远处有个人影，竟然是John。

大哥也来了。不过是从家开车过来的。不是别的，就因纽特人这点我亲身体验过了，我服了。

其实也不怪我最开始不信。就连加拿大的白人最开始也都不信。上回说到富兰克林带领了两艘牛 × 的科考船去探索西北航道，但在这里弃船，随后全军覆没，而英加两国一直没有放弃寻找这两艘船的遗骸。就在2014年和2016年，加拿大通过当时最新的科学探测技术和不懈的努力，终于找到了这两艘船的遗骸。

而根据因纽特人的说法，他们一直知道船的确切位置，只是没有人来问过他们。

从霍亚天堂起飞之后，好好跟海冰玩耍了一下。我的梦想是绕飞冰山，也想过低空飞海冰，但回去整理GoPro视频的时候惊喜地发现，竟然跟海冰合影了。这张照片成为我整个北极飞行当中最喜欢的

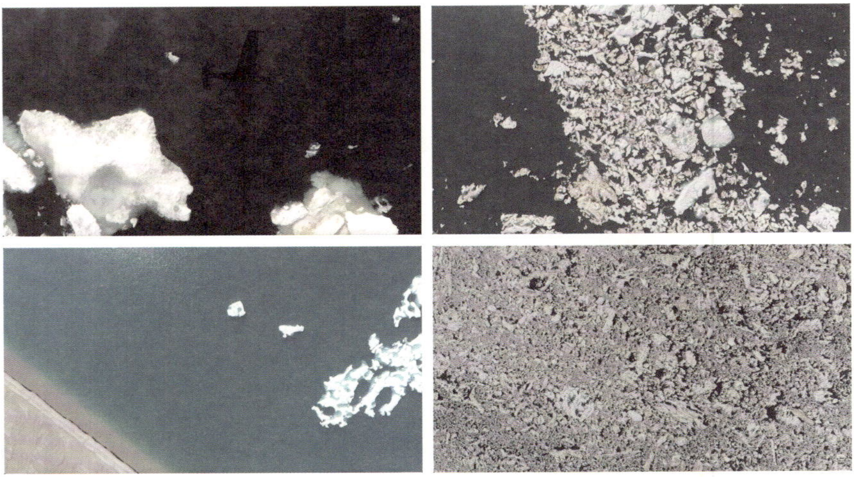

飞机与海冰的合影

照片之一。

我之前说过，我这次北极飞行最大的兴趣点，除了泰坦尼克号，就是跟西北航道探索——和富兰克林的两艘沉船相关的。虽然没能去绕飞泰坦尼克号沉没点，但富兰克林的这两艘沉船我是想绕飞的。由于这两艘船是在 2014 年和 2016 年刚刚被找到的，所以在出发之前我在网上还没有找到特别确切的沉船坐标。

直到我来到了霍亚天堂的镇政府，在这里给当地人的告示上写得很清楚，两个坐标位置周边五海里禁止任何船只进入，除非是当地有特殊捕猎许可的因纽特人，但也建议绕开。

这简直帮了我大忙了。

起飞之后航路上的天气都不太好，我还担心会看不到沉船。虽然这两艘沉船沉在了浅海，但是如果没有充足的阳光，依旧很难看到。这两艘沉船相隔几十公里的距离，飞行的话也就十多分钟。去第一个沉船点，也就是 HMS Terror（恐怖号）上空绕了半天，那时候是阴天，没看到。但我看 HMS Erebus（阴阳界号）沉没方向的天空好像有个洞，于是果断先往那边飞。抵达附近之后，果然有难得的太阳。

真的看到了！！

看到的那一瞬间，是非常兴奋的。不过兴奋感很快就过去了，油然而生的是对类似富兰克林这样的探险家的敬佩。我开着飞机飞北极，我的朋友们就已经觉得我是探险家了。但我自己此刻在飞机里坐着，身边有零食巧克力，有可口可乐，有暖和的衣服，大气不喘，而且几个小时之后就能抵达伊努维克，躺进温暖的被窝中。

我没有资格说自己是探险家，比起他们当时差太远了。

Day 22

亲眼见证历史

>>> 剑桥湾—伊努维克

2019 年 7 月 29 日

剑桥湾是个比霍亚天堂还要不发达的地方。昨天落地之后我大吃一惊，因为我从来没见过机场里，我停飞机的停机位旁边，还有当地人养鱼的鱼塘。基本跑道就跟普通道路挨着。说实话，我都怕天黑之后我的飞机被开车的不小心撞了。

后来才想起来这儿现在没有天黑。

早晨起床后，我们来到剑桥湾这边的一条河边。

之前说过，富兰克林代表英国率领精兵强将和船队探索西北航道，但是失败了。那有没有人后来成功了呢？有。他是一个挪威人，叫作阿蒙森。

阿蒙森是真正的管理者。他的思路跟富兰克林完全不同。首先他用的船，只需要十几个人就能行驶。这样的小船的好处就是，有时候海面大部分结冰，富兰克林的大船只能被冰困住，而阿蒙森这样的小船却可以靠着岸边（岸边往往不结冰），溜缝走。

阿蒙森还有一个非常聪明的决策。他也是机缘巧合到了富兰克林当时登陆的那个岛，霍亚天堂，但当他碰到霍亚天堂的因纽特人时，完全被他们的生存技能吸引住。他觉得他毕生想要学到的极地生存知识，因纽特人已经非常熟练地掌握了。于是他决定一定要跟当地人学会这样的技能。这一待就是两年，但磨刀不误砍柴工，他还是成为世界上第一个走完西北航道的人。

而且，凭借着他学到的极地生存技巧，他还成为世界上第一个抵达南极点的人。现在南极点的科考站就用他的名字命名。而霍亚天堂这个名字中的霍亚两个字，就来自他当时走西北航道的船的名字Goa。

Goa，就沉没在剑桥湾这边的一条河边。这条船不是被阿蒙森弄沉的，是我之前提到过的，Hudson's Bay Company 从他手中购买后，用于做运输，后来被别人弄沉的。虽然现在没有任何遗骸，但我还是早起去看了这个地方，朝拜了一下。

今天的航线是从剑桥湾起飞，前往伊努维克。

纪念阿蒙森在霍亚天堂的铭牌

剑桥湾的小镇上

剑桥湾 Goa 沉船的地方

在飞往伊努维克的路上，遇到了比较严重的积冰情况。当时标准的操作就是尽快出云，因为只有云（可见水汽）的存在才会导致飞机结冰。

然后就是有惊无险地降落在伊努维克机场。兴奋的我在落地的时候飘了。

也就是因为要出云，也就是降低高度，导致我不得不绕飞一段。这段航程基本就是沿着北冰洋的海岸线飞的，而这一段的陆地上是有山的。云层本来就比较低，所以很多山体实际上是被云遮住的。

所以，如果我要直飞的话，就不得不再次进云，这样就会很危险。首先进云之后还是有可能结冰，其次是在云中能见度极低，有可能撞山，最后就是，因为周围都是山，到时候想从云里出来也出不来。

快接近伊努维克的时候，塔台告诉我因为管制原因，需要在空中等待 20 分钟左右才可以降落，应该是有重要的军机起飞。我检查了一下油量，没有问题，于是就答应了。正在调整动力的时候，塔台又跟我说可以降落了，说本来准备起飞的军机有故障，滑回机库了。

就这样我们来到了伊努维克。

Day 23

我哥们儿掉泥里了

>>> **伊努维克**

2019 年 7 月 30 日

伊努维克是一个旅游胜地，大家一般都是从白马开车过去，就是因为伊努维克靠近丹普斯特高速公路的最北端，也是北美公路系统的最北端。被“旅游胜地”的称号迷惑，书老师轻敌了。一大早他说出想要去拍东西，我想了想我们酒店周边还挺美的，就让他去了，我自己在房间上网查资料。过了不到半个小时，门口来了个泥人，看身高像我朋友，也会说中文。

我问他，你是谁。他说，刚想过个小河去对岸拍点东西，结果河床都是泥，自己也差点陷进去死了。我赶紧关切地问了一下我的摄像机有没有事，他说没事。

然后他就在门口脱光了，看内衣我确定是书老师。我赶紧催他进屋洗澡洗衣服了。我也差不多弄完我这边的事了，但他今天只能在酒店房间休息了（因为鞋只有一双，也洗了）。我也想起来似乎好久都没有休息了，所以干脆今天就算休息日了。

Day 24

北极圈里理个发，徒步北极小镇

>>> **伊努维克**

2019 年 7 月 31 日

没有想到，让我们取消今天计划的竟然还是昨天我朋友踩进泥里的后续。书老师洗完登山靴之后晾在门外，但凌晨的一场雨又帮他洗了一遍。于是乎书老师决定不光着脚出去逛，还在房间内休息。

我一个人在镇上漫无目的地溜达。看到街边有个理发店，便一时兴起去理了个发。如果人家问我在北极圈内做的最逗的事情，我觉得就是理发这件事了。

在路边有个大的纪念牌子，我过去合影的时候竟然发现很多中国人在这里有铭牌。

镇中心有个小博物馆，也叫游客中心。这里有个隐藏项目，就是可以去服务台要一个抵达北极圈的证书。我又嘚瑟了，毕竟别人来到

北美公路最北终点纪念牌

这里都是一路向北，我们是“往南飞”才飞到了这里。

小镇游客中心

Day 25

北极圈内侧风 27 节的降落

>>> 伊努维克—图克托亚图克—白马

2019 年 8 月 1 日

Tuktoyaktuk，一个距离伊努维克不到 20 分钟飞行时间，坐落于北冰洋岸边的小镇。如果要把它的名字硬翻译成中文，那就是图克托亚图克。这里是很多人自驾必到的地方，但曾经是只有冬天才能到达，因为通向这里的路只有在冬天麦肯锡河结冰之后才能形成。

很多人要来这里的原因就是它著名的北冰洋标志。其实就是一个蓝色的招牌，不大，而且当地人本来也知道那片海水是北冰洋，但还是弄了个牌子，就一下火了。

我们从伊努维克起飞的时候，我查了一下天气。因为图克托亚图克机场没有气象台 AWOS 或者 ASOS，更没有 ATIS（这三种都是飞行员获取实时天气信息的系统），而且加上飞行时间只有 20 多分钟，我就按照伊努维克的天气去设想图克托亚图克的天气了，按理说这是没什么问题的。但我错了。从伊努维克起飞的时候，伊努维克的风只有 5 节左右，相当于一级风，四舍五入一下相当于没啥风。经过 20 分钟的飞行，在空中我也感觉不到风的作用。在我目视可见图克托亚图克的跑道的时候，进入到长五边对准跑道之后，低头做降落检查，包括放起落架、确认油箱油量、放襟翼等。也就几秒钟没往外看，再一抬头发现飞机已经平移了，并没有对准跑道。这是有大风的警示。

于是我在长五边，一边操纵飞机对准跑道，一边寻找跑道上的风筒（Windsock），它能给我风向和风速的指示，在还有 2 海里远的时候看清楚了，果然是大风，而且是正好跟跑道成 90 度的纯侧风！风的影响其实跟温度有关系，越低温的风实际上对飞机影响越大。

每架飞机都有侧风的极限，塞斯纳 172 一般是 15 节风，相当于四级左右，我这个飞机说明书上的侧风极限是 17 节。但这个 windsock 最多也只能指示到 15 节风，就好像德云社孙越的体重是 260 斤，因为称就到 260 斤。凭着我手上的感觉，我觉得肯定是超过 15 节纯侧风了。风从右侧吹来，所以我在拉飘的时候特意很靠右边，就是飞了等着风给我吹回来。我预计是可以给我吹回来的，但我的手也是一直放在油门上，随时准备复飞。

果然，在拉飘的一瞬间，也就是飞机最不好操纵的时候，真的被吹过来的，之后接地的时候正好在中线上。落地的一瞬间，方向杆立

北冰洋标志

马往右打，踩左舵，尽快减速，之后滑行离开了跑道。在停飞机的时候，由于风过大，我不能按照原来机场规划的方向停，而是把机头对准风这样停的。下了飞机，拿出手机查了一下民用的地区天气预报，这儿的风是 28 节，也就是 7 级风。

我自己叉会儿腰。

之后起飞前往白马市。我们在这儿也租了车，不过这时候因为钱包开始有点瘪了，所以在这儿住了青年旅社。

其实回想起来，就像大部分飞行员一样，我最开始对于侧风降落也没有那么熟练，甚至是有些惧怕。但在最开始考取执照之后的飞行经历中，我多次去过巴哈马，而那里由于地势的原因，跑道不能完全按照固定风向修，有些地方比如猪岛的跑道就基本是常年大侧风。而且因为岛上的地方有限，跑道也很短。

第一次落这种地方的时候，心里也很紧张，就是不停地回想教员当时讲的侧风落地的要点，然后随时做好了复飞的准备。第一次落了，当时是 15 节侧风，之后对这个也就没那么害怕了。

侧风起飞听起来要简单很多，但实际上也需要一样的操控。在侧风依然强劲的情况下，我用尽可能短的距离起飞，然后用地面效应加速，爬升，离开了这里。

Day 26

绕飞冰山，获得称号“冰川检查员”

>>> 白马—冰川—白马

2019 年 8 月 2 日

白马镇是个风景非常优美的地方，青山绿水。但很少人知道的是，往西走大概 300 公里，就是非常著名的罗干山（属于落基山脉）和周边的冰川群。这边的平均海拔都在 4000 米左右，换算成英尺就是 12000 英尺左右，基本到达了我不带氧气的飞机升限。

虽然知道这边的山和冰川很美，但确实不熟，贸然飞的话有些风险。我在网上查到了有专门做飞机冰川观光的公司，就在白马机场附近的一个小机场 Haines Junction。我给他们打了电话，是想试探性地问一下他们的观光线路。这样一来我可以看到最精华的部分，二来可以在空中保持跟他们的联络，不会影响人家正常的飞行活动。

接电话的是个小姐姐，听到我说我准备飞自己的飞机去冰川，而不是参加他们的团的时候，反而变得更加热情，邀请我直接飞到他们运营的机场，说要当面教我。于是我跟书老师从白马起飞，半个小时就抵达了他们的机场。这个接电话的小姐姐原来竟然是他们公司的经理，也是有非常多飞行经验的商业飞行员。她拿了一张纸质的观光地图，在地图上给我画了他们三个主打产品的所有航线和能看到的景色，以及怎么报位置，有什么需要注意的事项等。

这东西在我印象里是商业机密啊，我挺不好意思的，她说没事，谁让我们都是飞行员呢。我说你是经理，我也没办法给你小费，有什

面授机宜

么我能做的？她笑笑说谢谢，如果可以的话去脸书上给个赞。

我照做了。

Haines Junction 机场是跟白马机场海拔差不多高的，只有 2150 英尺，也就相当于 700 米的海拔。但起飞之后很短的时间就要上到 10000 英尺，相当于 3000 多米的高度，这对我的飞机来说是一个挺大的考验，因为必须要一直大功率爬升。我在白马出来的时候就没有加满油，再加上也把很多行李放在了白马的青年旅社内，所以飞机本身是比较轻的。早晨在白马的时候看了机油，最近烧机油烧得非常少，原因就是飞行的时候空气比较冷，所以看起来是没问题的。

我们起飞之后，我就严格按照游览图上的地图，配上正经的导航图和定位，在落基山脉的山峰中穿梭。对我来说眼前的景象非常的震撼，毕竟能在山间飞行，一来考量的绝对是飞行员的对大环境的把控、飞行中的预判和技术，二来真的很刺激。

从飞行学员开始，我们就被教导要随时看外面，在万一发动机失效的情况下能够快速找到迫降点。而今天飞的这个地形，除了山峰，脚下就是冰川，也有连续的雪地。我在那一刻甚至有过一个想法，就是有点期望着能够落在雪地上，去触摸一下这壮美的景色。但我没敢跟书老师说，我怕他报警。

对着地图开飞机

在冰川上的飞行

群山美景

就这样一路穿梭在山间。我之前在科罗拉多的落基山脉学到的那点 Mountain Flying 的技术全都用上了。那个时候也是有个执念，为了挑战北美海拔最高的机场叫 Leadville，9934 英尺，相当于海拔 3000 米。那段训练的日子是一波三折的，就连最后成功降落在那个机场都试了三次才成功。

这边的海拔变化很大也很快。有的时候升得太高了，飞到冰川口的时候还要降低高度，我还不得不把起落架和襟翼都放下来，怠速盘

壮丽的冰川

旋降落。但因为空气太冷了，我还不敢一直怠速（低速）飞，偶尔得变成高功率飞，就为了保持发动机温度。

在地面上其实很少见到两条冰川汇流成一条冰川的景色。而这条冰川削平了雄伟的山峰，像给我们开辟了一条高速，让我们能在冰面上尽情地飞翔。

在冰川的尽头，是一个在高山上的由冰川水形成的湖。湖面上漂着大大小小的冰山。

我还完成了一直以来的梦想——绕飞冰山，然后又自己给自己发了个称号：冰山检查员。

Day 27

白马户外徒步

>>> 白马

2019 年 8 月 3 日

我们在白马市住的是一个青年旅社，一屋子八个人，上下铺的那种，为的是省钱。后来发现还有更省钱的办法，也是为了给我们的帐篷赞助商做个广告展示，那不如就住山里的露营地。

我很享受跟大自然亲近的那种感觉。就说下雨这个最简单的事，如果说得浪漫点，其实就因为地球上有流动的水，才能有生命，才能有我们。这样看，说得矫情一点，下雨是一个很神圣的事。我曾经会飞了之后，还真的在训练的时候看到过雨云的积累，成熟和消散的不同阶段。说白了，就是我看到一块云可以成为雨云，我就在附近空中绕飞，看着它一点一点变黑，开始下雨，看到雨水落下滋养大地，然后天气又晴朗起来，最后再钻一下彩虹。

在半山腰坐着，看加拿大育空地区的景色，也是另一种跟大自然

坐看风景

亲近的方式。明天离开白马之后，其实也就算正式离开北极圈了。下一站是温哥华，就开始是加拿大比较繁华的城市了。这一趟路途中，去到了我梦寐以求的北极，在几次复杂的条件下降落也让我飞行的信心大增。

我当然知道在旅程没有结束之前不能掉以轻心。但从客观分析，后面的行程远远比之前飞北极圈里要简单很多。我承受的压力也小了很多。

Day 28

跟海航 787 一起降落温哥华国际机场

>>> 白马—温哥华

2019 年 8 月 4 日

我在温哥华有个好朋友，家里在北京是开连锁饺子馆的，定居温哥华了。我秉承省钱第一的目的，想去她家的大 House 借住一下，人家很爽快地答应了。温哥华好几个通用航空的机场，我想着总有一个是距离她家比较近的，我就问她她住哪。结果一看，竟然就住在温哥华国际机场旁边。

可我不想飞温哥华国际机场，这种大机场进近和离场程序又多又麻烦，落地费和停机费都比较贵，甚至这边租车都贵。

人家姑娘问我，你是不是技术不行啊。

于是我就飞了温哥华国际机场。我之前飞过的大机场只有奥兰多国际机场和坎昆国际机场，虽然都是 B 级的（最高级别的），但也没

降落前经过温哥华市区

有温哥华国际机场这样繁忙。不过凡事都有第一次，而且温哥华的空管确实很 nice，对我这样的来访飞行员非常有耐心，所以从白马飞过来降落也是很 smooth。最后进近之前让我在 YVR VOR（温哥华甚高频全向信标）上绕飞，目视绕飞 VOR 我还是第一次。

VOR 位于一片农田之中，我被要求低空飞行在这绕飞，底下农场里养的羊就到处跑，我觉得挺不好意思的，但也觉得挺好玩。

从白马往温哥华这边飞，一路上飞越的都是落基山脉。虽然已经是晚夏，但山顶上还不乏积雪，更是有很多冰川。我们在飞机上，能看到的都是山顶的雪和冰川会化成水，在山间有个小湖积攒着水，如果满了就流到山下去。

我就在想，我见过湖面上水汽形成的云，见过云中的水分越来越多之后变成雨和雪，见过空中下雨和下雪的样子，见过山顶上的雪变成冰川，变成冰山，变成湖水，回到大地。而

飞往温哥华时经过的落基山脉

飞往温哥华时经过的落基山脉

且这样的场景见过很多。在这一刻我觉得我是幸运的。我有机会去扩展我这一生的宽度，我看到很多很难见到的景色。而我唯一的阻碍就是我自己，我的知识储备，我的财力，我的视野。

今天最高兴的事，是落地温哥华之后姑娘开车直接带我们去吃了一顿四川火锅。我差点连底料都喝了。

正式回到文明社会。

Day 29

未曾相见的老友

>>> 温哥华—回音谷—温哥华

2019 年 8 月 5 日

在我刚开始工作的时候，也就是整整 10 年前，我从事的是旅游行业。那时候由于工作需要，能接触到国外的一些高端酒店。除了那些耳熟能详的奢华酒店品牌，也有很多小众酒店。从某些角度而言，这些小众酒店同样高端，但绝非金碧辉煌的风格。

认识 Norm 是在 7 年前。他自己的酒店位于温哥华附近驱车 5 个小时的山里。当时听他介绍自己酒店的时候，他曾经说了一句话让我记到现在，他说他们那很多客人也不开车去，而是飞过去，因为他的酒店自己也有一条跑道。

这对于当时的我来说是非常开眼界的。竟然能开飞机去酒店，住几晚，然后再开飞机回来，这真是难以想象的酷啊。

我们中间有 6 年时间没联系，但他这个酒店一直记在我心里。我既然现在有飞机，又在温哥华，于是我就给他写邮件，想约着去他那看看。他也非常热情地接待了我。酒店本身不多说了，在加拿大看到泰式建筑确实很少见，是因为他娶了个泰国太太。他本身也算是商业上很成功的人，自己有个专利，跟印刷有关的，卖给了柯达，所以不到 40 岁就退休了。

他自己也是飞行员。我们其实聊得挺不错的，不过他下午还有事去卡尔加里（也是自己飞），所以我们也就回温哥华了。

同时，为了感谢我温哥华的那个美女朋友收留我和书老师，我去这个酒店也是特意带着她飞的。他的酒店的跑道其实就是一条可以走车的路。我也是第一次从路上起飞，还有个下坡，蛮有趣的。

Norm 的酒店美景

Day 30

就为了打卡，飞到了太平洋！

>>> 温哥华—托菲诺—温哥华

2019 年 8 月 6 日

这次飞越北极，算是去到了加拿大的全部 10 个省和 3 个地区，飞到了大西洋、北冰洋，而我今天所在的温哥华，算是在太平洋边上。如果不去看看太平洋的海，那真是有点亏了。

Tofino 就是位于温哥华西边的一个度假胜地。在这里我知道一个酒店，比昨天那个还高端。这个酒店不但有自己的跑道，还有自己的游艇码头。

酒店的名字叫 Wickaninnish Inn，本身就在海边。接近 Tofino 的时候，因为也接近了太平洋，飞机下方突然变成了一片连绵的雾。我赶忙跟 Comox 联系，要了一个 RNAV 进近，也算是又爽了一把仪表进近，云开雾散的那一刻感觉身边的朋友变成了星星眼。

落地 Tofino 机场之后，酒店的创始人亲自开车在机场等着我们。

这里也是我喜欢的那种高端，并不是金碧辉煌，但一切体验都很好。午餐吃了 12 种不同产地的生蚝，我很努力地品尝它们的区别，可依然只会说这个好吃。

云开雾散

Wickaninnish Inn 酒店

Day 31

我是个飞鹰艾迪一样的人

>>> 温哥华—卡尔加里

2019 年 8 月 7 日

今天是一次完全横跨落基山脉的飞行，前往阿尔伯塔省的卡尔加里。

卡尔加里是我喜欢的一个电影里出现过的一部分。那部电影名叫《飞鹰艾迪》，讲的是一个英国运动员，其实没什么运动天赋，但就想参加奥运会的故事。他很清楚自己可能没办法参加夏季奥运会，因为其他人都太强了，他想到的策略就是去参加冬季奥运会，而且是一个英国基本没人玩的项目——高台跳雪。

他成了英国国家高台跳雪的纪录保持者，因为真的是没人玩，所以基本上他随便一跳就破了国内纪录，但这个水平到其他国家连少年队的水平都不够。

横跨落基山脉

他并不是一个投机取巧的人，他是一个为了自己梦想去付诸行动、克服困难的人。而他最后那成名的一跳，就是参加 1988 年卡尔加里冬奥会的时候。

落地卡尔加里之后，我一个朋友 Chris 开车来接我们。

他知道我特别想看 1988 年冬奥会的场馆（现在还在），所以直接开车带我们去了。我就站在那个跳台侧面，想象着电影里展现的那些场景，看着那 90 米高的跳台，想象着 Eddie 当时的那种紧张。我不要脸地想，我觉得我们是一样的人。

Chris 对我的飞机爱不释手

飞鹰艾迪当年冬奥会从这里一举成名

作为一个像 Eddie 那样的人，可能最大的敌人就是自己。我告诉自己不要去在意别人的看法，但这真的很难。有时候坚持不下去的时候，我会问自己是不是真的想做成这件事，我内心还是毫不犹豫地说想，那就只能坚持。

作为对 Chris 让我们借宿的感谢，明天我们准备开着飞机逛逛著名的班夫国家公园。

Day 32

卡尔加里空管指导我们空中游览班夫国家公园

>>> 卡尔加里—班夫国家公园—卡尔加里

2019 年 8 月 8 日

每年夏季的班夫国家公园不是一个穷游能去的地方。无论是在卡尔加里租车，还是酒店房间，基本都要提前好久预订才能有，而且价格是非常美丽的。

飞机的运行成本其实并不高，我这架飞机如果是自用的话，大概是 300 美元一个飞行小时的成本。去 Banff 往返加上空中游览用了 1.4 个小时，也就是 420 美元左右，如果租车的话，一天也需要将近 200 美元，而且如果不住在 Banff，那开车会比较辛苦，玩的时间也短。

今天的天气非常给力。我在卡尔加里并没有落卡尔加里国际机场（还是为了省钱），而这个小机场反而距离卡尔加里市中心更近。遗憾

Castle Mountain 城堡山

的是，这个小机场没有塔台，其实在 Banff 国家公园上空飞行，我还是希望能跟卡尔加里空管建立通信联系，这样也方便他们告知我是否有其他的观光飞机在附近，也可以获得更多飞行信息。

于是起飞之后，我第一件事就是跟卡尔加里离场频率建立了联系，并告知他们我们的飞行计划，就是要空中游览 Banff。虽然我在这么多天的飞行当中已经感觉到了加拿大空管的友善，但卡尔加里空管还是让我吃了一惊。他们直接问我，对于班夫国家公园飞行线路熟不熟悉，我说不熟悉，我是外地来拜访的飞行员。他们竟然给我雷达

路易斯湖和著名的费尔蒙酒店

明尼汪卡湖

班夫国家公园内著名的小河

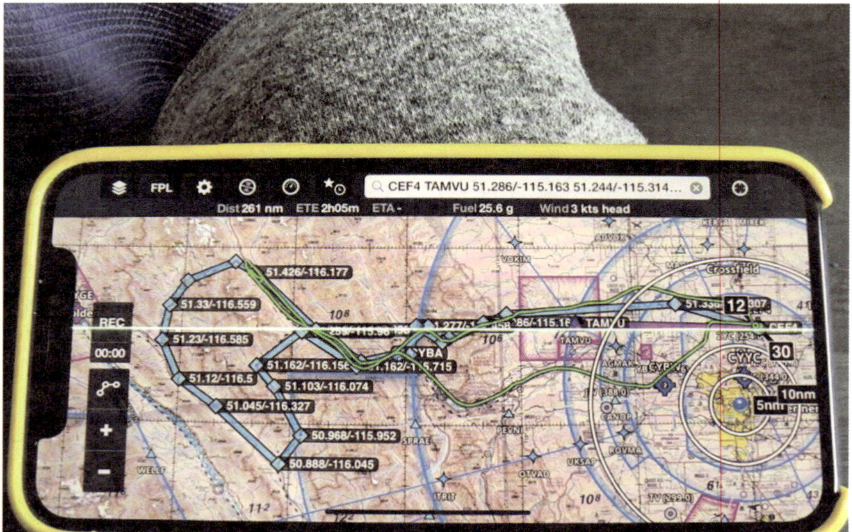

飞行路线图

引导到 Trans Canada Highway 上空，然后在频率里面教我怎么逛最好，怎么飞，怎么绕山等。雷达引导是飞行员最方便，但是管制员工作量最大的一种引导方式，一般很少会用这种指引方式。等我们沿着 Trans Canada Highway 飞到班夫国家公园里面的时候，空管还特意跟我说，之后可能收不到我们的通信信号（因为我们高度比较低），但是等我们绕一圈飞出来的时候他们会“等着欢迎我”。

首先就飞到了 Castle Mountain。确实看着像个城堡。

Day 33

去雷吉纳看看刚定居加拿大的朋友

>>> 卡尔加里—雷吉纳

2019 年 8 月 9 日

告别了 Chris 兄，我和书老师启程飞往雷吉纳。雷吉纳是萨斯喀彻温省的首府。这个省是一个比较没有存在感的省，也是加拿大的省份里面最穷的一个省，主要经济支柱只有农业。本来是想去这个省的另一个大城市，叫作萨斯卡通，但我们在飞越北极的时候有个刚刚移民到加拿大雷吉纳的蒋哥看到我们发的朋友圈，就想跟我们约着喝个酒。酒比什么景点都重要，于是我们决定飞雷吉纳。

因为已经离开了落基山脉，窗外的风景都是农田平原，所以从飞行的角度来说有一点无聊。我在飞机上就不停地玩我导航用的手机 App，把自己的飞机标志改成了 B2，U2 和 F22 的标志 B-2，U-2，F-22。

有朋友问我手机上的绿色线条指示的是什么意思。这绿色线条的

农田平原

飞机标志改成了 B-2

意思就是我把手机摔了却又没钱换新手机的意思。

蒋哥在雷吉纳国际机场的私人飞机航站楼等着接我们。然后把我们接到家里。嫂子已经给我们准备好了家常菜，饭桌上我也讲了很多我们这次飞行的经历。蒋哥一直有成为飞行员的梦想，我也故意说了很多学飞之后可以带家人一起出去玩，学飞很便宜，之后飞也很方便的话，都是说给嫂子听的。这也算是男人之间的默契了吧。

真心为这个能移民过来的朋友高兴，他尝试了 6—7 年才成功。看他一家人的状态都特别好。他作为一个上海人，就喜欢田园风光，就喜欢农村地广人稀，他来这真是很幸福。人应该有追求自己想要的生活的权利。

Day 34

北极环飞的最后一站，温尼伯

>>> 雷吉纳—温尼伯

2019 年 8 月 10 日

早晨起来，蒋哥想让我陪他去附近的航校看看，我就陪他去了。这边的航校就跟咱们的驾校一样多，基本都差不多。蒋哥的邻居，也是移民加拿大的河北大哥一家人也过来了。

于是我突发奇想，我带他们每个人都飞了一圈。虽然一圈基本也就 10 多分钟，但飞出机场空域之后我都会让他们自己动手操纵一下，比如转个圈什么的。花了将近两个小时带他们两家老小都分别飞了一下。我希望我已经把飞行的种子埋在了他们心里。

就在我要准备起飞前往温尼伯的时候，我再次查了一下天气，发现我们航路当中有面积挺大的一块雷雨天气。于是决定不着急走，先在雷吉纳吃个午饭再走。

两家人一起都体验了飞行

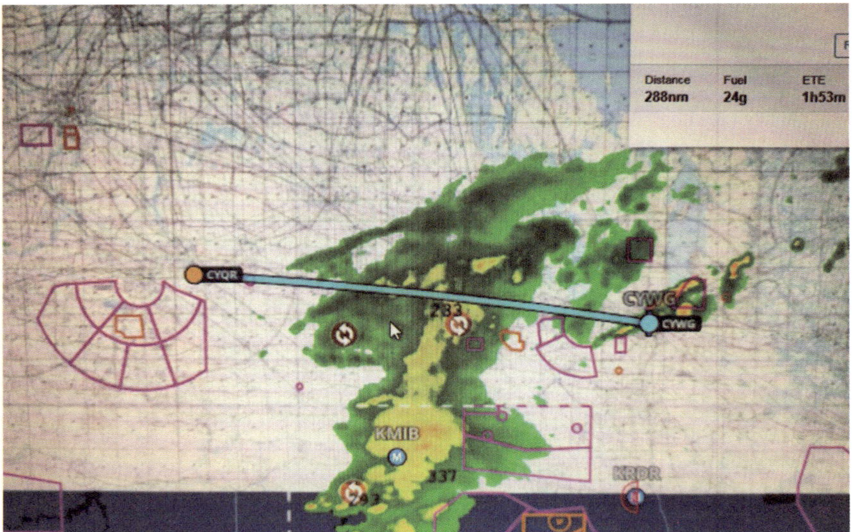

一大片雨云

受到接待

抵达温尼伯已经是下午了。温尼伯是真正有人接待的，这个人就是丛姐。她是曼尼托巴旅游局中国区的负责人，平时就在温尼伯上班。我跟她是在一个展会上认识的，之后也没怎么联系。就在这次决定环飞北极圈之后，我给她发了我们的计划书，希望曼尼托巴旅游局能够赞助酒店（现在想想真是对了），结果人家还真的赞助了。

丛姐跟她老公开着车在温尼伯国际机场等我们落地，这期间我多次跟她确认千万要去专机航站楼，别走错了。一落地就看到了他们，聊了好一会，然后帮我们把行李装上车，拉着我们去入住酒店，然后带我们吃了顿饭。

因为我们抵达时间“延误”了，所以不得不把本来下午安排的考察活动取消了一部分，另一部分挪到了第二天。

距离我们回到美国的出发地还有最后两天时间。

Day 35

温尼伯一日游

>>> 温尼伯

2019 年 8 月 11 日

今天一天去了温尼伯的好多地方！旅游局给安排的考察就是比较充实。

从姐亲自带队，首先去了 Red River 洪水纪念亭。

然后去了因纽特妇女失踪纪念碑。以前加拿大白人对土著因纽特人并不平等，所以经常有土著女孩“失踪”。

还去了人权纪念馆。人权纪念馆是加拿大唯一一个国家级纪念馆却没有在首都渥太华的。其实这是一个比较敏感的话题，对于我一个普通人来说，我并没有任何自己的观点，来这里也就当看个历史。

下午去了北极熊动物园，在这里能从水下看北极熊，还真挺有意思的。

Red River 洪水纪念亭

因纽特妇女失踪纪念碑

北极熊（还有其他动物，比如海豚、鲸鲨、大象）应不应该被关在动物园里面给人类欣赏，这是个问题。这里面涉及很多角度，很难简单用对或错去回答。

但我看着这边当地人家长带着小孩子去看北极熊，小孩子脸上那种纯真和开心的笑，我觉得对孩子来说这是一个好事。他们知道了北极熊的可爱，也知道了人类活动对北极熊生存的影响，他们也会去思考把北极熊关在动物园里面是不是对的。我觉得这可能就是动物园存在的意义吧，有时候一代人想不明白的事，就得靠下一代。

南非种族隔离时期，路上的长椅只能白人坐。

动物园里的北极熊

阿西尼博因公园

Day 36

回到出发地

>>> 温尼伯—克利夫兰

2019 年 8 月 12 日

早晨丛姐开着车送我们到机场。

今天的飞行准备有点不一样，就是要填写一个叫 EAPIS 的东西。这个系统是美国边检用来收集私人飞行的乘客和机组出入美国境的信息的。

其实这还是挺方便的一个东西。把飞机的相关信息、乘客和机组的相关信息和飞行线路的相关信息填好就行了。这个系统不算是申请，只是一个通知。美国边检收到之后会发个邮件过来（自动的）进行确认，收到邮件就可以正常飞行入境美国了。入境点非常多，而且很多边检办公室都是流动的，比如很多小机场，根本没有民航飞机，都是小私人飞机，那么边检的官员会根据你的抵达时间提前去等你，这点还是挺方便的。

今天也是飞行距离很长的一段，大概需要七个半小时，再加上准备，我在起飞前填表填写的是八个半小时之后抵达美国克利夫兰湖畔机场。

起飞其实还挺紧张的（时间），因为途中有一块风暴，但这块风暴也是我运用天气知识飞行的好机会，就是如果我们一直在风暴前沿，飞行的时候是顺风，地速会非常大，这样飞行省油省时。

我的计划成功了，有一段时间地速达到了 200 节，相当于每小时 385 公里，特别爽。这也让我们只用了 5 个半小时就到了美国。落地之后海关还没有来，我俩只能在飞机里等。

8 月份的克利夫兰，尤其是在停机坪上，还是挺热的。书老师坚持不了了，偷偷开了舱门，把屁股放在飞机外面吹风。

来送我们走的丛姐

就这样，我们的旅程算是平安完成了。其实也没什么特别激动的心情，晚上跟 Larry 一起去吃了一顿牛排，可是也没敢多喝酒。旅途最后的那几天，尤其是从白马回来之后，因为飞行上都比较简单，而且去的地方也都有朋友接待，所以我就在复习功课，因为我做了一个决定。

在飞行期间，我有一个很重要的感觉，就是飞行旅行是挺领先的一种旅行方式，我希望能让更多人知道这种方式，希望能带更多人一起体验，我也希望我自己的飞行知识更丰富，技术更好，所以我做的这个决定就是我要考飞行教员。这样我可以让更多的人能够体验到飞行的乐趣。

飞行教员需要考 3 个笔试，再加上 8 个小时跟考官一对一的口试，以及一次 2 个小时的飞行考试。我在这些天不太忙的时候，就看 3 个笔试考试的题库，刷题。虽然今天安全抵达了，但我约了明天上午的一门笔试考试，所以晚上还准备继续复习。

北极这一圈飞行其实我有太多的感悟，但那些是属于很私人的东西。我可以说这些感悟还是改变了我，可能让我的视野更开阔，可能让我更不畏惧死亡。我们都在努力对抗着人生中的困难，也都在享受着上一辈人想象不到的快乐。北极之行的快乐是在路上，现在虽然平安回来，但眼前还有更多的事要去做，我不想休息，我想抓紧时间去做。

后记：我的教员之路

实现梦想是有可能的，希望你不要因为别人说的你不行而真的觉得自己不行。

在返回克利夫兰之后的第十天，我像喜迎油价上涨一样迎来了我的 33 岁生日。生日是在北京过的，所以请了一帮朋友。他们基本都不是飞行爱好者，所以对我的这次环飞并不是很感兴趣。而这本身也让我觉得很轻松。

酒过三巡，一个朋友问我是不是最后在落地克利夫兰完成整个行程之后的那一瞬间会长出一口气，有那种彻底放松的感觉。我回想起来当时落地，滑行回到熟悉的停机坪，熄火之后，书老师举起手要跟我击掌，但我当时一下并没有反应过来。可能因为我约了第二天在附近 FAA 笔试考试中心的飞行教员考试，我那时候脑子里想的是要回去复习。我想那时候我并没有放松的感觉。而在第二天考试之后，虽然我考过了，但是也没有放松的感觉，因为我还约了后天的最后一门笔试考试。而最后一门笔试考完，我也没有放松的感觉，因为后面还有口试、飞行考试。

而在飞越北极之后，我又想试着去完成环球飞行，但起码在2019年年底之前我都没有放松的感觉。可能我就是一个怕闲下来的人吧、可能我一直都有未完成的梦想在心里萦绕吧。

有朋友问我，是不是家里有矿才能去学飞。我其实之前在知乎上有写过一本电子书叫作《玩点不一样：30 天学会开飞机》，在里面写得比较清楚。简单地说，30 天之内，花费 10 万元人民币之内，是有机会实现成为飞行员的梦想的。这个说法无疑是动了一些人的蛋糕。于是会有人说这是骗人的，这是不可能的，然后说一些理由去证明自己的观点。对此我也没有兴趣去反驳。我本身不是开航校的，我有什么理由去宣传一个不可能做到的事情呢？就为了卖几本自己写的破电子书吗？可能只有不了解我的人才会这么想。我常说的一句话就是，不要轻易让别人去告诉你怎么怎么不行。所有人的所有梦想，都有一个共同点，那就是它本身就很难。但既然想实现它，想的就应该是怎么做才能实现。

当时我周围的人不这么认为。可周围的人不这么认为，又有什么关系呢？

还有朋友问我现在应不应该去学飞，或者说值不值得学飞。我觉得这需要分两个方面看。如果你是自费学飞，想成为中国民航的飞行员，那么我只能说这很难很难。现在的航空业，就算没有疫情，也是属于副驾驶比较过剩的时期。加上疫情的影响对航空业打击太大，所以一时半会儿很难恢复。而且自费学到民航飞行员级别是非常高的级别，很难，花费也很大，对于一个家庭来说可能压力会很大，所以我个人不建议。

如果你学飞是为了玩，那我绝对是赞成的。飞行真的能让你开阔眼界，认识更多有趣的人。有时候即便在地面上，你学到的气象知识、人体生理知识和航空管理理念都是可以在生活中用得到的。而有能力去摸一摸云彩，去钻一钻彩虹，也会让你对大自然的美有更加深刻的理解，会更加敬畏大自然。飞机有时候像个时光机，让我能回到史前去看火山喷发刚刚形成的岛屿，就好像哆啦 A 梦的时光机。而地球在形成之后，几十亿年内的空气成分并无太大变化，所以有时候我在飞的时候常常会想，我面前这朵奇形怪状的云，我们的祖先是不是也看见过，恐龙是不是也看见过，三叶虫是不是也看见过（如果它有眼睛的话）。生活不是眼前的苟且，虽然每个人活着都很累，我也一样，但我内心是快乐的，因为痛苦的事情在时间的广度上可以被更快稀释，而飞行带给你的就是广度的拓展。

2019 年 12 月 17 日我又一次去了美国，还是为了完成我的教员梦。落地之后，我像往常一样前往克利夫兰老爷子 Larry 家，准备跟他冲刺复习，计划在年底之前考试。Larry 去机场接我，76 岁的他却在第二天不经意间告诉我他最近身体非常不好。第三天也就是12月19日没有训练，老爷子出去飞了一整天（运输）。20日他告诉我，希望我22日能陪他一起去医院领取之前检验的结果，他预感不太好。用他的话来说，医生不愿意跟他电话当中说太多，一定坚持当面说。

22日我陪他一起去了克利夫兰诊所，全美第二大的医院集群，比很多小城市还要大的医院。他的检查结果果然是不太好。他的身体某部分长了肿瘤，虽然有可能是良性的，但可能性不大。医生让他回去过圣诞节，但要求他1月2日回来，做全麻手术，或者说就是活检，以便确认是良性还是恶性肿瘤。老爷子早就知道自己的身体状况恶化。但他在之前并没跟我说过一句，可能是怕我担心。

他是一个非常倔强的人，他严令禁止我把他生病的事情告诉他的任何一个孩子。他有三个儿子，两个女儿，在我一个外人眼里看来他们的感情还算不错，但老爷子跟我说过多次，他内心当中对他的孩子们都相当不满意。我说他倔强，是因为我认识他大部分孩子，他们在我看来都是很有能力，认真工作的人，甚至还有藤校毕业的。这对我来说很难理解。

他在开始安排后事了。

他的公司是他自己独自拥有的，一共有20多架飞机。他准备把公司免费送给他的一个朋友，那个人我见过一次，不到40岁，年轻有为也愿意吃苦。但他的大儿子还负责公司的所有机务维修，他却丝毫没有考虑把这份家业留给自己的孩子。这对我来说也很难理解。

成年人的世界除了不容易，就是要学会告别。1月2日的手术一做，我们都知道他很难再当教员飞上蓝天。老爷子在四年前身患白血病，但用他的话来说，经过了几个月痛苦的治疗，换来了最近三四年的寿命，也挺值的。可是无论多么的不舍都没有用。

老爷子是美国少见的资深教员，4万小时的教学时间，从20岁开始没有当过一天的民航飞行员，一直在做教员。最开始跟他飞的时候他会经常对我嚷嚷，甚至有人身攻击，我当然知道他技术好，所以经常自己调整心态还跟他虚心学习。在去北极之前的高强度训练期间，正好遇到了复活节。晚餐的时候，他家来了好多他的朋友。有个机务大哥喝多了跟我聊，问我受不受得了他的教学方法。我直言还是有时候很难接受。机务说兄弟，我给你讲个故事，听完了你可能就理解了。我当时心说什么故事也没用，我怎么都不太能理解为啥有话不能好好说。

可是我错了。机务告诉我，Larry在24岁的时候，一天他爸开飞机带着他妈还有他唯一的妹妹去多伦多，但在起飞后不久就失事了，飞机坠入伊利湖，无人生还。从此以后就只剩下他自己一个人。他们起飞的机场，就是我们训练的地方。飞往多伦多的航线，也是他带我飞过多次的航线。而失事的原因，就是因为能见度不好，注意力分配不够，导致飞机失控。

我从此再没有一句埋怨。成年人的世界除了不容易和要学会告别，还需要去做很难做的选择。我很难过，但我不能在这里一直陪老爷子，我还要去考我的教员。自私如我，可我也没有办法。虽然我真的很想陪他。我联系了佛州的一个华人兄弟，他在那边有航校的业务，他帮我安排了 26 日的教员口试考试。在 24 日平安夜晚上，Larry 开车送我到机场，我像圣诞老人一样从克利夫兰来到了佛州，准备 26 日的考试。由于自己从克利夫兰走得匆忙且分心，忘带了重要的笔试成绩单，所以 26 日没有考成。

12 月 27 日，下午我通过 FAA 拿到了电子版的成绩单证明。终于可以考试了，可 28 日、29 日考官却都约满了。30 日本来也不行，但我打了个电话给考官，他最终同意挤出度假的时间给我考试。考试分两个部分，6 小时到 8 小时的口试，还有 1 小时到 2 小时的飞行。考试只有三个结果，通过、不过，还有因故中断。

我带着紧张的心情顺利地考过了最难的口试。这期间我的很多讲述并不太清晰，毕竟不是英语母语，但我表达的很多飞行理念让考官很认可，他说他很少见到能对飞行理解这么深的考生，最后让我顺利通过的原因也是他相信我教出来的学员也会是安全的飞行员。而我又想起了 Larry，因为这些东西都是他在平时潜移默化教给我的。

在准备最后的飞行考试的时候，佛州的天气开始转差。考官没有任何倾向性，无论是飞还是不飞他都行。我一会儿在电脑前查天气一会儿又跑到停机坪上抬头看天气，最后还是决定不飞了。于是本来可以通过的考试变成了因故中断。但我也觉得，既然做教员，也是要教会学生不冒险。我也很满意这个决定，我知道自己多么想通过这个考试，但还是没有冒险。我想这样的决策能对得起老爷子对我那几千句嚷嚷吧。

考官给我发了一个因故中断考试证明，这个证明让我在 60 天之内可以免考之前考过的部分。也就是说，下次我去考试，无论找哪个考官，只要考飞行这部分就行了。

时间来到 2020 年 2 月 12 日，迪拜当地时间凌晨 3 点半，我被带到了机场传说中的小黑屋。因为护照被暂时收走，我不得不在这个近乎封闭的小屋子内跟其他奇形怪状的人为伴。这一刻我想到了电影《黑衣人》总部的航站楼，那里有着各式各样的外星人，而现在的我也是其中之一，我们与这个环境格格不入。

3 小时前，我乘坐的阿联酋航空班机刚刚从曼谷来到迪拜。我在 1 月 28 日曾判断美国入境政策会因为疫情有调整，而为了能够在 60 天之内完成教员考试，我在 1 月 29 日从北京飞到了曼谷。然后 2 月 1 日美国发布了那个有一定争议的最严入境规则，其中禁止所有 14 天之内到过中国的所有非美国籍或美国绿卡持有者的入境，换句话说，如果作为中国人想去美国，则需要在第三国待够 14 天才可以。

而到今天 2 月 12 日，我已经在泰国待够了 14 天。我本来期待着经过迪拜转机之后能顺利抵达美国。在我落地迪拜之后，虽然转机去纽约的时间只有短短一个多小时，但我并没有着急去下一个登机口。我溜溜达达地去麦当劳吃了个汉堡，而在我抵达登机口的时候，出示了护照和去纽约的登机牌，结果这两样东西一下子被收走了。在登机口负责检查的阿联酋航空工作人员让我先到旁边坐下稍等，然后开始打电话。我稍微有点慌了。

过了一会儿，一个主管模样的人过来了，我还记得他叫 Robert。他态度很友好，过来跟我解释是美国在迪拜当地的 CBP，全称 U.S. Customs and Border Protection（美国海关和边境保护局）在航班的名单中筛查，把我标注了出来，要求阿联酋航空拒载我。

我说我符合 CBP 的要求，我已经在中国之外的第三国待够了 14 天，护照上的泰国入境章和出境章就是证明。Robert 很清楚 CBP 的规则，于是拿起了我的护照，看了我说的“证明”，确实是够了 14 天。他决定帮我。

他让我继续坐着稍等，然后拿着我的护照，用工作手机走到一旁开始打电话。后来我才知道他是直接打给 CBP 在迪拜办公室的值班人员，他在直接跟他们沟通，看能不能让我上这架飞机。

可惜的是，CBP 还是没有松口。于是阿联酋航空必须要执行拒载程序。说白了就是冻结我的机票，之后把我在飞机上的托运行李取下来。与此同时，我要跟机场安保人员前往等待区，也就是小黑屋。

安保人员在几分钟之后赶到，Robert 按照程序把我的护照交接给了他，然后非常抱歉地跟我说实在没办法帮我上飞机。我问了一下他这种情况应该怎么办，他说建议我联系迪拜的美国总领事馆，然后我就被安保人员带走了。

这名安保人员除了我还带了一个人。后来才知道，这个人是使用伪造的护照想通过在英国转机的机会“留”在那里。我跟他一起被安保人员带到了小黑屋。我在这完全不知道下面的流程是什么。这个小黑屋分男女，所以我这边都是男士，大概有十几个人。因为是凌晨，这里有直接躺在地上打呼的，各种姿势，也有睡不着的。睡不着的人有的可以看出在哭泣，有的在祷告（小黑屋有礼拜室），有的在漫无目的地走来走去，直到我感觉到他其实是在围着我走来走去。要说不害怕那真是假的。

就在这时，另一名穿同样制服的安保人员叫我到他们的办公室去，我赶紧就跑了过去。进门坐下，他们跟我解释了现在的情况。我由于本身没有犯错，所以我现在可以有两个选择：第一就是因为中国护照可以免签入境阿联酋，所以我可以选择离开机场并入境阿联酋；第二就是改签航班离开迪拜，可以前往曼谷/中国或者其他任何我可以去的国家。我想起 Robert 说的如果要解决问题就需要去美国驻迪拜总领事馆，于是我就选择了离开机场，入境迪拜。就这样，他们把护照还给了我，并告诉我如何前往边检。

边检那空无一人，也没有问我任何问题，就让我入境了。我来到行李抵达大厅，想领取我的托运行李。一查才知道，现在行李在中转区，如果我要想拿走，还得等半个多小时才能送出来。我倒是有时间，不过人家跟我说行李在中转区，如果没有必须要用的东西，可以等飞走的时候把这个行李直接装上飞机。我想了想，确实也没什么必要的东西，就没有取。我想着早晨还得去领事馆，带着大行李也不方便。

就这样，我两手空空过了海关，算是入境了迪拜。这时候大概是凌晨四点半，距离领事馆开门还有四个小时。我这时候觉得迪拜机场抵达区的那排座椅特别诱人，尤其是有一块区域基本没有人，于是我被吸引了过去，坐下，设好了闹钟，就这么坐着睡着了。

闹钟响了，我睁开眼，一瞬间忘了自己在哪。我来到洗手间简单洗漱了一下，就准备打车去美国驻迪拜总领事馆。

查了查攻略，迪拜的优步似乎比出租车便宜一点，于是我在手机上叫了最便宜的车。来了一辆雷克萨斯，我坐在后座上跷着二郎腿都碰不到前座的那种。已经两年多没有来过迪拜了，我都忘了这是个奢华的国家。到了美国驻迪拜总领事馆，跟国内一样，也是要排队的。只不过队很短，我前面就三个人。到了窗口，我跟人家说了我的情况，人家很简单地说这种情况也需要先发邮件预约，并且给我写了一个邮箱地址。不过，她也挺想帮我的，在给我地址之前，还是给内部打了个电话确认了一下，结果还是需要先写邮件预约。

我拿着邮件地址，就站在旁边不碍事的地方用手机写邮件。当时也想得很天真，我想着别走太远，万一人家收到邮件之后给我“安排”了呢。我发了邮件，之后就到领事馆对面河边迪拜湾边上的长椅上等。这个角度正好能看到迪拜国际机场起飞的 A380 和 777，不知道为什么，吹着海风，看着飞机，什么都不想，这样的感觉其实是我挺喜欢的。

中午才等到第一次回信，很简单，直接说这个事不归他们管。我于是又回邮件，说做决定不让上飞机的是 Local CBP，也就是在领事馆里面上班的人员。在等待回复的时候，我去吃了个汉堡。

下午晚些时候，又给我回邮件了，说这个事还是需要我写邮件给 DHS，也就是 the Department of Homeland Security（美国国土安全部）。我感觉自己圆了，变成了个皮球。我觉得领事馆这条路走不通，还是需要回机场，找人帮忙。

于是我又打车到了机场。在迪拜国际机场超大的值机柜台旁边，有一个可以改签机票的柜台。我最初步的想法是，我再改签到今天晚上的航班去纽约，因为如果说昨天是第 14 天，今天已经是第 15 天了，抵达纽约的时候则是第 16 天了，那应该没有理由不让我上飞机了。我就想这么再试一次。于是我把我的 PNR（机票的航司编码）号码告诉了负责改签机票的工作人员，想让他帮我查查是不是有可能这么做。

我的 PNR 里面有 Remark（备注），详细记录了这个事情，所以负责改签的人也不敢就这么贸然直接给我改，而是致电了当时在岗的 Group Security 负责人。Group Security 是阿联酋航空当中负责各种跟证件有关事项的部门，比如证件的真假。电话打了几分钟，然后他让我直接接电话。我拿过来对着电话一通解释，然后对方开口了，竟然是中文。

这一下沟通就方便多了，很快地，我说清楚了我的故事和我的想法，而这个中国人，Lucy，让我到她指定的地方找个人，然后那个人领我到了他们后面的办公室，扫描了我护照相关的信息，还有能证明我符合要求的各种出入境章，她说她会帮我直接再跟当地的 CBP 去争取一下。

我按照 Lucy 说的，就在一个地方等。等了大概半个小时，她回复说 CBP 还是拒绝我登机。我不知道怎么办了，情绪上也受了不小的影响，毕竟想想之前为了这次能去参加考试还是付出了很多。但现在也没办法，毕竟这是特殊情况。于是我跟 Lucy 表示了感谢，到柜台改签机票准备返回曼谷。

改签本来需要几千元人民币，基本跟重新买一张单程票回去的价格一样了，但 Lucy 知道后，也帮我从后台操作了一下，帮我省去了这几千元的花费。我真是太高兴了。我又再次对她表示了感谢。

就这样，在经过了三十多个小时之后，我拖着箱子，回到了出发的地方——曼谷。这时候是 2 月 14 日。

就在我回到曼谷的第三天，也就是 17 日的下午，突然接到了 Lucy 从迪拜打来的电话。原来她一直还在帮我跟 CBP 争取，而就在刚刚，CBP 给我许可了。我非常兴奋，马上订了第二天的机票，这样的话抵达纽约是 19 日早晨，我还来得及参加展会，教员考试也可以安排在展会之后。订了票之后，我把新的 PNR 发给了 Lucy，她发给了 CBP 做备案。

我于是第二次踏上了飞往迪拜的飞机。落地之后，第二次来到了那个熟悉的飞往纽约的登机口，然后，让我意外的是，我第二次被 CBP 拒绝登机。

当时 Lucy 并没有在班上，也是她的同事，很遗憾没记住名字，又一次给 CBP 打电话去说明情况。我悻悻地在一旁，实属无语。说完了，还是不行。于是，第二次被拒载，第二次来到了小黑屋。这次轻车熟路了，我直接去报了个到，就准备回到航站楼里有餐厅的那层待着了。小黑屋里的一个安保人员还记得我，很兴奋地欢迎我回去（Welcome Back）。他告诉我 Lucy 是早班，大概 6 点钟就上班。

好，还有 4 个小时，我等。

早晨 5 点多，我就接到了 Lucy 的电话。她也没想到，但跟我说确实之前跟她对接的 CBP 工作人员没有上班。6 点到 7 点是 Lucy 给她部门开会的时间，等到 7 点多，我在我休息的航站楼餐厅见到了 Lucy。她下了会直接过来找我，跟我说，那个之前沟通过的 CBP 官员马上上班，上班就帮我问一下情况。我真的是非常感动。跟她聊天的时候她也说，在外面，中国人就应该互相帮助。这句话我后来一直记得。她还给我讲了这几天还有其他几个也被拒载的中国人的事，也是因为她的帮助，都继续踏上了去美国的航班。听她说完，我内心还是平静很多，也有小小的期待。

8 点多，正在跟我聊天的 Lucy 突然拿起手机看了一下，然后告诉我说 CBP 回复邮件了，我可以走了。我还没反应过来的时候，她就在给部门同事打电话，让他们把我改签到 50 分钟后出发的去纽约的航班，然后给安保部门打电话，让他们把我的护照送到登机口。

50 分钟其实非常紧急，因为还需要坐航站楼内的捷运交通才能抵达登机口，而且在登记口还有二次安检。我在匆忙之中跟她合了个影，我觉得这几天是非常值得回忆的经历，我真的很感动。

之后的落地纽约，入境。在过海关的时候，边检人员确实让我单独去了另一个房间，但时间并不长，主要是为了登记我在抵达美国之前的行程。完事就让我顺利入境了。

身边也有人觉得，这个时候去美国遇到这样的事情，可以说是我自找的，活该。我觉得这种想法也可以理解，因为他并不知道我为这件事付出了多少。

之后在北卡州见到了我的考官，我们很快完成了最后的考试。落地之后他祝贺我通过，成为正式的飞行教员之后，我只说了一句：真挺不容易的。

我并不想成为一个教员。我这次飞越北极，其实本身是想过从加拿大飞到格陵兰，到冰岛，再去斯瓦尔巴群岛。但飞机的保险公司拒绝了我的请求，因为我当时只是个商照飞行员。所以，除了我本身也想学到更多的知识，飞行更安全之外，能够获得飞越大西洋的保险许可也是我想考教员的一个重要原因。

而并不是所有人都需要像我这么麻烦才能获得保险。因为本身保

Lucy 和我

险公司就是美国的，如果是美国人，如果在他们那里上过几年车险，如果本身的信用就很好，那其实是很容易的。但对我一个外国人来说，就比较困难。

飞机也是我的时光机。我飞过夏威夷。夏威夷最东边的大岛的东南部，每天都有滚滚的岩浆从火山中喷发出来，流入大海，变成岛的一部分。而这个岛的西北部，则已经有着四十万年左右的历史。从大岛飞出来，到有一百万年的毛伊岛，就能看到岛上已经有着茂密的植物。紧挨着它的是莫洛卡伊岛，有着两百万年的历史，有着世界上最高的海崖。再往西飞，欧湖岛，也就是檀香山的所在地，有着三百万年的历史。这里的动植物更加丰富，所以也成了很多部侏罗纪公园电影的拍摄地。最靠西边的可爱岛，是夏威夷岛链中最老的一个，已经有五百万年的历史。这里是全世界年降水量最大的地方，平均每年降水量能达到 11.6 米。这样几百年的冲刷让整个岛屿有了全新的面貌，就是它像极了把手掌朝下，手放在桌子上的那个造型。指尖的空隙就是被雨水冲刷出来的峡谷。

我不是地理学家，但我刚才说的这跨度五百万年的景色，我自己开飞机用了 3 个小时就飞完了全部。那一刻我愿意相信我穿越了时空。

五百万年不算时光机穿越的极限。我经常想，地球的大气成分和气候从恐龙时期开始就没有特别大的变化。那是 40 多个五百万年之前，也就是 2 亿多年前。所以我看到的空中的云、雨、雪和星空，基本上跟恐龙们看到的是一样的。

这一次飞越北极的行程共计 18000 公里。我之前说过，在北极能见度最好的时候可以看到 70 公里之外的景色，那如果按整个行程来说，平均就算可以看到 50 公里左右，这已经很远了。一边可以看到 50 公里，两边就可以看到 100 公里，飞行 18000 公里，就相当于我看到了 180 万平方公里的地表。听起来很赞是不是。

但如果地球是一本 1000 页的书，我才潦草地看了 3 页。但即便就是这 3 页，已经让我深深地被吸引住了。这本书太精彩，以至于我阅读的时候从来都是忘我的状态，我太微不足道。这本书可能穷极一生也无法读完，但我也会坚持读下去。